इतिसिद्धम्

इतिसिद्धम्

कृष्ण सुकुमार

वाणी प्रकाशन

वाणी प्रकाशन का 'लोगो'
विख्यात चित्रकार मक़बूल फ़िदा हुसेन की
कूची से

ISBN : 81-7055-150-1

वाणी प्रकाशन
21-ए, दरियागंज, नयी दिल्ली-110002
द्वारा प्रकाशित

फोन : 0091#11#23273167, 23275710
फैक्स : 0091#11#23275710
ई-मेल: vaniprakashan@gmail.com
vani_prakashan@yahoo.com
वेबसाइट : www.vaniprakashan.com
प्रथम संस्करण : 1993
आवृत्ति : 2009

मूल्य : 125.00
आवरण : गोबिन्द प्रसाद
मंगलम ऑफसेट, शाहदरा, दिल्ली-110032
द्वारा मुद्रित

ITISIDDHAM
A Novel by : Krishna Sukumar

1

यह कहानी सुनाने से अच्छा था, मुझे मर जाना चाहिए था···जीने का हक मुझे नहीं है। और सच तो यह है कि उस दिन यदि अचानक दिवाकर मुझे न दीख गया होता तो शायद मैं आत्महत्या कर ही चुका होता !

हम मरने की बात सोच लेते हैं, पर मरते किसी के लिए नहीं··· क्योंकि हमें अपने लिए जीना है।

उस दिन मेरे सामने एक बहुत बड़ी घटना घटित हो गयी थी। यह घटना मेरे घर में ही घटी। जमीन पर नहीं, दीवार पर···एक टिड्डे का गला एक छिपकली ने दबोच लिया था !

शायद यह बहुत बड़ी घटना न हो। घरों की दीवारों पर घटने वाली यह घटना शायद बहुत-बहुत मामूली-सी हो··पर मेरे लिए यह घटना आम नहीं हो सकती। क्योंकि हम सभी का गला कोई न कोई दबोचे हुए है···हम सभी का !

अचानक एक चेहरा मेरे ख्यालों में से बाहर की ओर उग आया है। इस उगे हुए चेहरे का अस्तित्व हम सबसे पृथक् है। वह चेहरा··· पहले घर है फिर दीवार·· फिर टिड्डा और फिर छिपकली ! और ऐसा होना कितना भयानक है ! डर से मेरी आँखें बन्द हो गयी हैं···गहरे अंधेरे में घिर आया हूँ !···फिर मेरी चीखें निकल आयी हैं।

मेरी अपनी गर्दन छिपकली के मुँह में थी।

छिपकली के चेहरे में से मेरे पिता का चेहरा निकल आया है, पर मैं छिपकली के मुँह में मरना नहीं चाहता। मैं अपनी मौत मरना चाहता हूँ। छिपकली मुझे धीरे-धीरे निगलेगी। मैं स्वाभाविक मौत चाहता हूँ।...अगर जीवन को मैं अपने ढंग से नहीं जी पाया तो अपने हिसाब से मर तो सकता हूँ।

घर से यही सोचकर मैं उस दिन आत्महत्या के लिए निकला था।

शहर की भीड़-भरी सड़क पर अपनी जिन्दगी के अभिशाप को दोहराता और अपने आपको इससे मुक्ति के लिए तैयार करता हुआ मैं तेजी से चला जा रहा था...कि अचानक मेरे पैर रुक गये थे।

कहाँ जाना है? मरने के लिए?

एक क्षण को मैं घबरा गया। मुझे यह अहसास होने लगा कि मैं इस भीड़ के बीच एक नादान बालक की तरह गुम हो चुका हूँ। खो जाने की यह अनुभूति जैसे मेरी नाक में ठुँसी चली जा रही थी और मैं साँस लेना जैसे भूलता जा रहा था। मेरी कुछ समझ में नहीं आ रहा था कि मैं चाहता क्या हूँ। मैंने अहसास किया कि मैं तत्क्षण इस भीड़ से बाहर आने को छटपटाने लगा हूँ।

पर अचानक मुझे जैसे ख्याल आया कि इस भीड़ के साथ तो मैंने एक बड़ा भारी समझौता कर रखा है।

नहीं, मैं आत्महत्या नहीं कर सकता। मैं जीना चाहता हूँ; क्योंकि जीने के लिए मेरे पास तर्क मौजूद हैं...और तर्क हैं, तो मैं जिन्दा हूँ।...जीने का सभी को हक है, क्योंकि मौत तो अपने आप में अवश्यम्भावी है...वह एक दिन अपने आप आयेगी। बिना टले। बेरोक-टोक। पर जिन्दगी अपने आप नहीं आती। यह दुर्लभ है। इसे सुरक्षित रखना जरूरी है।

मैंने तमाम तर्क आत्महत्या के विरुद्ध जुटा लिये थे। दुनिया की

हर बात तर्कों पर टिकी है···हमारे पास झूठ के पक्ष में तर्क हैं और हम झूठ को सच, सच को झूठ मानने लगते हैं···हमारे पास अन्याय और बेईमानी के पक्ष में तर्क होते हैं और हम अन्याय को न्याय और बेई-मानी को ईमान बनाकर सन्तुष्ट होने लगते हैं।···यद्यपि जीने का हक मुझे नहीं, पर जिन्दा रहने के लिए मेरे पास तर्क हैं और मैं जिन्दा हूँ !

पर जीने की एक अनिवार्य शर्त है।···

भीड़ में शामिल होना। भीड़ से अलग आपका कोई अस्तित्व इस धरती पर नहीं है।

भीड़ में शामिल होने की भी एक अनिवार्य शर्त है···समझौता करना।

सहसा मेरे कदम ठिठक कर रह गये।···सड़क की दूसरी ओर फुटपाथ पर मेरी नजर पड़ी तो मेरे मुँह से निकला—"अरे! यह तो दिवाकर है।"

"चाचा दिवाकर !···चाचा—"

मैंने जोर से आवाज देनी चाही पर ऐसी हिम्मत मैं कर नहीं सका।

मुझे हक नहीं कि मैं उसके सामने जा सकूँ, क्योंकि मैंने अपने तमाम हक इस भीड़ के हवाले कर दिये थे !

दिवाकर ने मुझमें एक सपना रोपा था···पर मैंने उसे उखाड़ कर फेंक दिया है।

यह आदमी भीड़ से एकदम अलग है।

और मैं भीड़ में शामिल होने का पक्का इरादा कर चुका हूँ। मैंने अपने जीने का हक इस भीड़ से पा लिया है, क्योंकि जीने के लिए भीड़ जरूरी है और इस हक का कांट्रैक्ट इस भीड़ के पास है !

दिवाकर···!

इसने जीने के हक की कभी कद्र ही नहीं की। मैं इसकी तरह नहीं मर सकता।

पर शायद मैं इस वक्त अपने आपको बहला रहा हूँ…मर तो मैं रहा हूँ। दिवाकर अपनी शर्तों के साथ बँधा है लेकिन मैं सिर्फ भीड़ की !

मैं दिवाकर की नजरों से बचकर एक तरफ जा खड़ा हुआ।

ए गिरधर !

अपना नाम सुनकर मैं चौंका। लगा, मुझे दिवाकर ने जैसे पुकारा हो। पर यह मेरा भ्रम था। हाँ…अगर वह मुझे यहाँ खड़ा देख ले तो इसी तरह आवाज देता। फिर मेरे नजदीक आकर कन्धे पर हाथ मार कर कहता, "यहाँ खड़ा है रे !"

पर सामने जाकर उससे मिल लेने की हिम्मत मैं नहीं कर पाया।

उसके सामने जमीन पर कुछ पुरानी किताबें व पत्रिकाएँ फैली पड़ी हैं। लोग आते-जाते रुकते हैं किताबों के ढेर पर, एक क्षण को अपनी नजर फेंककर अपने मतलब की किताबें खोजते हैं और न दिखायी देने पर आगे बढ़ जाते हैं। कुछ अपने मतलब की किताबों को उलट-पलट कर देख रहे हैं।…दिवाकर तितर-बितर की हुई किताबों को क्रम से लगाने में व्यस्त है।

तो आजीविका के लिए दिवाकर के हिस्से में यह काम आया है !

अपनी जगह खड़ा-खड़ा मैं यह सब देख व सोच रहा था। मुझे लगने लगा जैसे मैं मन ही मन दिवाकर से बातें कर रहा हूँ और दिवाकर पूछ रहा हो —'पहचाना नहीं भैया ?"

"चाचा…तुम क्या से क्या हो गये हो ! क्या हालत बना डाली तुमने ?"

मैंने अपनी आँखों को उसके धँसे हुए गालों में पाया। फिर मेरी नजरें उसके सफेद-काले खिचड़ी बालों में जा उलझीं !… मैंने उसकी आँखों में झाँक कर देखने की कोशिश की…पर इतनी दूर से कुछ न समझ पाया।…एक समय उसकी आँखों में मुझे अजीव रहस्य उलझा हुआ

लगता था, जिसे मैं कभी समझ नहीं पाया। यही रहस्य मुझे उसकी ओर खींचता था।

दिवाकर किसी बात पर जोर से ठठा कर हँस पड़ा था।···बिलकुल वही हँसी है। जब वह हँसता है तो उसकी आँखों में लगता है, विषाद की धुन्ध छा गयी है। जब उसके होंठों पर कभी परेशानी उग आती थी तो उसकी आँखों में जैसे सुबह का धुंधलका उतर आया लगता था और जब उसके पूरे चेहरे पर शान्ति झलकती थी तो लगता था, आँखों में गहन चिन्तन चल रहा है।

मैं भावुक होकर मन ही मन दिवाकर की दशा पर जाने क्या-क्या सोचने लगा।···लगा, वह उदास हो गया है···इतना कि जैसा पहले कभी न हुआ हो और कह रहा हो, "मेरे दोस्त सच बोलना और ईमानदारी बरतना आज की जिन्दगी की सबसे बड़ी सजा है। अनेक मुजरिम इस जमाने में यह सजा भुगत रहे हैं।···दिवाकर भी तो ऐसा ही मुजरिम है।"

मेरा जी भारी हो उठा और मेरी आँखें छलछला आयीं।

यदि दिवाकर यहाँ होता तो मेरा हाथ थामकर कहता—'रोते हो?'

मैंने मन ही मन जैसे दिवाकर से कह डाला—"चाचा···आपके साथ अन्याय हुआ है!"

मुझे लगा कि दिवाकर ने मेरी यह बात सुन ली हो और मेरे रुँधे हुए गले से निकले ये शब्द उनकी आँखों में एक सन्तोष का भाव जगा गए हों और उन्होंने पूछा हो—'अब समझते हो?"

तभी समझता था! सच···लेकिन विवश था। या तो सत्य-असत्य की पहचान नहीं थी या फिर अगर पहचान थी तो विरोध का साहस नहीं था!

यह मेरे मन का पश्चात्ताप था। और जैसे वे मेरे इस पश्चात्ताप से

सन्तुष्ट हुए थे। उनको पहुँचायी गयी यह काल्पनिक सन्तुष्टि मुझे सुख दे रही थी।

जैसे अब वे खामोशी चाहते हों, मैंने मन का वार्तालाप बन्द कर दिया और वहीं खड़े-खड़े एक बार फिर उस मुजरिम पर दृष्टि डाली।

उसके सामने बिखरी किताबों में मैं अतीत के दिवाकर को खोजने के प्रयत्न में लग गया। जैसे ये किताबें न हों बल्कि दिवाकर के पिछले तमाम जीवन का टुकड़ा-टुकड़ा अध्याय हों और मैं हर अध्याय को पढ़कर समझने की कोशिश कर रहा होऊँ।

2

बचपन में मेरे साथ एक काला, क्रूर और भयानक मजाक किया गया था।

मुझे जंगली बनाने का प्रयास !

सच, ईमान और नैतिकता का एक घना जंगल मेरे भीतर जबर्दस्ती उगाया गया था।···और इसे सुरक्षा दी थी एक कठोर-मजबूत बाड़े ने—पिता की लाल-क्रुद्ध आँखों और गुरुजी की छड़ी ने !

याद करता हूँ—

मेरे सामने एक कक्षा का दृश्य उपस्थित होता है···छठी कक्षा।···

कोई अध्यापक अभी नहीं आया है इसलिए ऊधम मचा हुआ है। कोई छेड़-छाड़ कर रहा है···किसी ने कागज के एक टुकड़े पर 'मैं चोर हूँ' लिखकर दूसरे साथी की पीठ पर चिपका दिया है और फिर सब हँस पड़े हैं···

सहसा एक अध्यापक छड़ी घुमाते हुए कमरे में घुस आये। इन्हें हम लोग 'गुरुजी' कहते थे। बिखरा हुआ हो-हल्ला तुरन्त सिमट गया।

गुरुजी कुर्सी पर न बैठ उसके पीछे हाथ टिकाकर खड़े हो गये।

सहम कर लड़कों ने अपने-अपने बस्ते सँभाल लिये थे। कुछ किताबें खोलकर पढ़ने का बहाना करने लगे थे, तो कुछ कापियाँ खोलकर लिखने का।

गुरुजी कुर्सी पर झुककर एकटक कक्षा में उपस्थित लड़कों पर एक-

एक कर दृष्टि फेंक रहे थे, जैसे कुछ खोज रहे हों। जो लड़के ज्यादा धींगामस्ती कर रहे थे वे भय से उल्टी-सीधी किताबों पर अपनी नजरें गड़ाये झेंप महसूस कर रहे थे···जैसे उनके सामने की किताबों पर अक्षर नहीं, गुरुजी खड़े हों !

अचानक गुरुजी के मुख से जोरदार विस्फोट हुआ—"किसने चुराई है गोपाल की पेंसिल ?"

कहने के साथ ही उन्होंने हाथ की छड़ी जोर से मेज पर पटकी !

सभी लड़के जानते थे कि गुरुजी पक्के जासूस हैं।···किसी तरह का झूठ, छल, चोरी, बेईमानी उन्हें सहन नहीं थी। पेंसिल की भले कोई औकात न हो, सच व ईमान की तो बहुत बड़ी है। 'सच व ईमान आदमी को महापुरुष बनाता है···' ऐसी शिक्षा रोज गुरुजी किसी न किसी बहाने दिया करते थे। "···सच की औकात बड़ी है तो 'गांधी' बना। 'गांधी' कोई मामूली आदमी नहीं था·· महात्मा कहलाया इसी बल पर।"

उस समय मैं गांधीजी की आत्मकथा वाला पाठ लगभग रोज पढ़ता और याद करता था। गांधी बन जाना मुझे अच्छा लगता था···पर क्यों ?···यह उस समय मैं समझ नहीं पाता था।

गुरुजी साम-दाम-दण्ड-भेद—सारी नीतियाँ लड़कों पर आजमाते थे बस, सच सामने आना चाहिए।

शायद गुरुजी भी गांधी बनना चाहते हों !

कई लड़कों ने आतंकित होकर आत्मरक्षा के लिए उल्टा-सुल्टा 'हनुमान चालीस' जपना शुरू कर दिया !···कौन बोले ? भले ही किसी को पता हो, पर कौन बोल सकता था। किसी की भी निजात नहीं डंडे से !

जब कोई सच-सच बताने को तैयार नहीं हुआ तो गुरुजी ने अपना फैसला सुना डाला—

"ठीक है हरामजादा ! ···नहीं बताओगे···सबके सब क्लास से बाहर एक लाइन में खड़े होकर मुर्गा बन जाओ।"

लड़के एक-दूसरे का मुँह ताकने लगे कि कौन पहले उठे। सभी को भय था कि जो भी पहले उठा, उसी को गुरुजी धर दबोचेंगे।

लेकिन गुरुजी की पुनःगर्जना सुनकर जैसे हम सभी को करेंट लगा हो। सभी एक साथ उठ खड़े हुए।

कुछ देर तक गुरुजी मुर्गा बने सभी लड़कों को पीठ ऊँची किये रहने का कठोर आदेश सुनाते रहे। बीच-बीच में जिसकी पीठ जरा ढीली होकर नीचे झुकती देखते, उसी पर डण्डा पटक देते !·· और बाकी तमाम लड़कों की पीठ खुद ब खुद तन जाती !

इस तरह पन्द्रह मिनट गुजर गये।

मेरे कान सुर्ख हो गये थे। पीठ अकड़ कर दुखने लगी थी और आँखों में पानी भर आया था।···गुरुजी बेकसूर यह सजा दे रहे थे ! मैं मन ही मन उस लड़के को कोस रहा था जिसने वह पेंसिल चुरायी होगी।

गुरुजी की सिंह-गर्जना फिर सुनायी पड़ी, "अभी भी सच-सच बता दोगे तो बच जाओगे। वरना आज तुम लोगों के साथ-साथ यह छड़ी भी अपनी बलि चढ़ा देने को तैयार है।···समझे ?"

और यह कहते-कहते लड़कों की मुर्गा बनी पंक्ति के प्रथम लड़के की पीठ पर छड़ी बजाते हुए खड़ा होने का आदेश दिया।

लड़का भयभीत, पसीने से तर खड़ा हो गया।

"बोल रे···किसने चुरायी ?"

"मैंने नहीं, गुरुजी।"

"फिर और किसने ?"

कहते-कहते फिर उस लड़के की हथेलियों व पीठ पर छड़ी की बौछार करनी शुरू कर दी।

हर एक से वही प्रश्न···वही उत्तर··वही सजा !

चार के बाद···पांचवां।

अब मेरी बारी थी।···

वेवजह मार···मुझे भीतर ही भीतर क्रोध भी आ रहा था। चोरी किसी एक ने की है, फिर सजा सब क्यों भुगतें ?

खड़ा होते ही मुझे चक्कर आ गया। आँखों के सामने अँधेरा छा गया।

पर किसी तरह अपने आपको सँभाला। जानता था कि गुरुजी की छड़ी को कोई रहम-दया नहीं होती। माफी तो किसी बहाने भी नहीं। इसलिए मैं यह सच सामने रखकर भी पीछा नहीं छुड़ा सकता था कि अभी तीन दिन पहले ही मैं बुखार से उठा था। गुरुजी की छड़ी को सिर्फ सच उगलवाने का शौक था, सच जानने का नहीं।

इसीलिए न मैंने यह सच्चाई प्रकट की कि मैं बुखार के कारण कमजोरी महसूस कर रहा हूँ···न यह सच कि मैंने पेंसिल नहीं चुरायी है।

खड़े होते ही मैं बोल उठा : "रामासरे ने गुरुजी।"

"रामासरे ने ?" गुरुजी ने चिल्लाकर दोहराया और डाँटते हुए बोले, "अब तक मुँह पर टेप चिपकी थी तेरे ?"

मेरे सहित शेष सभी लड़के पिटाई से बच गये थे।

रामासरे की जमकर धुलाई हुई थी। शेष सभी लड़कों की पिटाई की कसर रामासरे पर पूरी कर ली गयी थी।

रामासरे ने गुरुजी की लाख मिन्नतें कीं···कसमें खायीं···गुरुजी के पैरों में लोट-पोट हो गया कि उसने पेंसिल नहीं चुरायी···नहीं चुरायी। गिरधर झूठ बोलता है।···पर गुरुजी की छड़ी फिर किसी तर्क-वितर्क और सही-गलत के फेर में पड़ने वाली नहीं थी। जो निर्णय एक बार हो गया, वह अन्तिम था।

रामासरे के हाथों व पीठ पर सूजन आ गयी थी। कहीं-कहीं खून भी छलक आया था। एक जगह से कमीज भी छड़ी में उलझकर फट गयी थी।

"कम्बख्तों ने मूड खराब कर दिया!" बुदबुदाते हुए गुरुजी तेजी से चले गये।

उनके जाते ही लड़कों में खुसर-पुसर होने लगी।

मुझे केवल रामासरे की सिसकियाँ सुनायी पड़ रही थीं!

बस…इसके बाद वे सिसकियाँ निरन्तर घर तक इसी तरह मेरा पीछा करती रहीं।

मार खाने के भय से बचाव में मैंने कितना भयंकर अपराध कर डाला था!…मुझे पता था कि रामासरे ने पेंसिल नहीं चुरायी थी।

रामासरे की निरीह आँखें जैसे रातभर मुझे घूरती रहीं।

घर जाकर उस रोज मैंने कुछ भी खाया-पिया नहीं। माँ बार-बार पूछती कि क्या हुआ है, पर मैं कह देता—"कुछ नहीं…बस भूख ही नहीं।"

रात को देर तक सो न सका।…बस अँधेरे में पड़ा-पड़ा मैं स्वयं रामासरे बना गुरुजी की छड़ी से पिटता रहा।…मैं चिल्लाता रहा, "नहीं…गिरधर झूठ बोलता है…मैंने नहीं चुरायी…गुरुजी आपके चरणों की कसम!…देवी मैया की कसम!…हनुमान जी की कसम!…"

मेरे कपड़े फटकर तार-तार हो गये थे और पीड़ा व दर्द से छटपटाता हुआ मैं बस यही उच्चारण किये जाता था, "गिरधर झूठ बोलता है गुरुजी…मैंने पेंसिल नहीं चुरायी!"…पर गिरधर यह सब चुपचाप देख रहा है!…गिरधर के चेहरे पर मैं जहरीले बिच्छुओं का उगना देख रहा हूँ! नीले-नीले विष-भरे डंक लहराते हुए वे बिच्छू गिरधर ने मेरी तरफ उछाल दिये हैं और उनके जहर से मैं तिलमिला उठा हूँ!

मैंने गिरधर के मुँह पर थूक दिया है !

पर इससे भी रामासरे की छटपटाहट कम नहीं होती !

गिरधर के चेहरे पर उगे बिच्छू स्वयं उसे ही डँसने लगे थे !

अगले रोज रामासरे स्कूल नहीं आ सका ।

गुरुजी ने कक्षा में आकर सबसे पहले गोपाल से पूछा, "क्यों रे, पेंसिल मिल गयी ?"

"जी गुरुजी !" गोपाल ने उत्तर दिया ।

लेकिन गुरुजी ने यह जानना जरा भी उचित न समझा कि पेंसिल कहाँ से मिली ?

गोपाल ने स्कूल आते समय रास्ते में ही मुझे बताया था, 'बेकार में बिचारे रामासरे की कुटम्मस हो गयी···कल पेंसिल तो मेरे घर से ही मिली !"

गोपाल पर मुझे बहुत गुस्सा आया । पर मैं घृणावश चुप रह गया । गोपाल की छोटी-सी भूल ने मुझसे झूठ बुलवाया···लड़कों की पिटाई करायी और रामासरे···!

कक्षा में मैं स्वयं को तैयार करने लगा कि सच-सच बता दूँ ।··· वे बिच्छू जो मेरे भीतर डंक मारते हुए रेंग रहे थे, शायद उनका अहसास कुछ कम कर सकूँ ।

लेकिन गुरुजी पाठ पढ़ा रहे थे। और मेरे पास सच कहने की न हिम्मत थी, न बहाना !···काश, कल वाली बात किसी तरह चल जाय !···अच्छा होता यदि रामासरे भी आज स्कूल आता और गुरुजी से मेरे झूठ बोलने की शिकायत कर देता···अब तो गोपाल प्रमाण था कि मैं झूठ बोला था !···या फिर गोपाल ही यह सच प्रकट कर दे कि पेंसिल किसी ने भी नहीं चुरायी !

पर गोपाल क्यों कहेगा ?···इससे तो गुरुजी उसी की ठुकाई कर

देंगे। मुझे तो अपना पक्का दोस्त समझकर और विद्या की कसम खिलाकर उसने यह बात बतायी थी कि पेंसिल उसे अपने ही घर से मिली।

मैं इस उधेड़-बुन में बैठा था कि अचानक गुरुजी की आवाज ने चौंका दिया, "क्यों रे, आँखें खोले सो रहा है ? कहाँ है तू ?..."

मैं उठकर खड़ा हो गया।

"गाँधी की आत्मकथा के प्रश्नोत्तर याद किये कि नहीं ?"

मैंने याद कर रखे थे। रट रखे थे। पर मैं चुप रह गया। मैं कुछ और कहना चाहता था। कुछ और ही सुनना चाहता था !

"आत्मकथा वाले पाठ से हमें क्या शिक्षा मिलती है ?" गुरुजी ने प्रश्न किया।

उत्तर जानता था।...पर मुँह लटकाये कुछ और ही कहने का साहस बटोरते हुए मैं चुप खड़ा रहा।

गुरुजी ने इशारे से एक दूसरे लड़के को खड़ा किया।

उसने रटा-रटाया उत्तर दे डाला था, "सदा सच बोलो।"

अब गुरुजी ने मेरी ओर घूरकर देखा और कड़कते स्वर में बोले, "तेरे को ये दो शब्द भी याद नहीं होते ?"

न जाने कहाँ से मुझमें साहस आ गया था...मैं जरा हिचकते हुए किन्तु स्पष्टता से बोल उठा, "सदा कौन सच बोल सकता है, गुरुजी !"

सुनकर गुरुजी के तेवर चढ़ गये, "हरामजादे !...गधे कहीं के !...पाठ याद करने से तो गया...सवाल-जवाब करता है ?...अभी से यह दुस्साहस !...दादागिरी !"

मेरा हौंसला बजाय घटने के बढ़ता ही गया, "मैंने सच ही बोला है, गुरुजी, क्योंकि सदा तो सच नहीं बोला जा सकता।"

"अभी बुलवाता हूँ...अभी तेरी यह जुबानदराजी ठंडी करता हूँ।"

गुरुजी तिलमिलाकर मेरी ओर बढ़े। हिम्मत करके मैंने साफ कह डाला, "गुरुजी, सदा ही सच बोला जा सकता तो मार के डर से कल मैं

झूठ क्यों बोलता !···रामासरे ने पेंसिल नहीं चुरायी थी···मार के डर से मैंने झूठ ही उसका नाम लिया था।"

लम्बी 'हूँ' के साथ गुरुजी लाल-पीले पड़ चुके थे। मेरे शरीर पर वे अन्धाधुन्ध छड़ी बरसा रहे थे। साथ-साथ उनके मुँह से भी चिनगारियाँ बरस रही थीं, "हरामियो, मैं तभी सिखाते-सिखाते थक लिया ना··· कि गांधी बन जाना आसान नहीं।···एक तो झूठ बोला···ऊपर से पाठ याद नहीं किया ! कैसी पीढ़ी जनम ले रही है···कोई देखे तो !"

हर चोट मुझे सन्तुष्ट कर रही थी। दर्द का भी कोई सुख है, यह मैंने अहसास कर लिया था।

मार खाकर मैंने इतना और गुरुजी को सुना दिया था, "झूठ बोलने पर मैं बच गया था, गुरुजी, पर सच बोलने पर पिटा !"

गुरुजी चिढ़ गये थे। जाकर पिताजी से मेरी शिकायत भी कर दी थी, "लड़का बहुत उद्दण्ड निकला···झूठ बोलता है, सवाल-जवाब करता है और स्कूल का काम कभी करता ही नहीं।"

गुरुजी यह सच्चाई कतई छुपा गये थे कि गिरधर एक सच भी ईमानदारी से बोला था !

पिताजी की लाल-क्रुद्ध आँखों में उसी दम शिकार हो गया था।

मुझे दो-चार जबर्दस्त घूँसे जड़ते हुए पिताजी ने समझाया था, "अभी से झूठ बोलना सीख लिया ? अभी तेरी उमर ही क्या है !"

पिताजी ने ठीक ही कहा था···

आज अहसास करता हूँ कि सच व ईमान जैसी नैतिकता को अपनाने की एक उमर होती है। जैसे उम्र के साथ कपड़े छोटे पड़ जाते हैं, जूते-चप्पल छोटे पड़ जाते हैं···नैतिक मान्यताएँ भी तंग व छोटी पड़ने लगती हैं। इन्हें हमेशा पहनकर जिन्दा रहना सुविधाजनक नहीं हो सकता। एक खास उम्र में माँ-बाप बच्चों को इन्हें पहनाते हैं—'सदा

सच बोलो।' 'नेक व ईमानदार बनो।' स्कूल, न्यायालय, कानून और समाज सब के सब आदमी को इन्हीं परिधानों में सजा-लिपटा देखना चाहते हैं···पर उम्र, अनुभव और समय के साथ ये परिधान तंग होने लगते हैं···असुविधाजनक ! और न जाने कब-कैसे, जाने-अनजाने हम इन वस्त्रों और जूतों को बदल डालते हैं !

कुछ भी हो···पिता की लाल-क्रुद्ध आँखें और गुरुजी की छड़ी··· मेरे नैतिक जंगल की रक्षा लम्बे समय तक करती रहीं।···सारे पाखंड को समझने के बावजूद मैं उस जंगल से बाहर नहीं आ सका···इस बाड़े का स्थायी प्रभाव मेरे अवचेतन पर छप चुका था।···जबकि ये मेरे लिए न भी सही···मेरे घर में सभी के लिए असुविधाजनक हो चुके थे··· पिता तक के लिए भी ··जिसने स्वयं वे वस्त्र मुझे पहनाये थे और एक जंगल मेरे भीतर उगाया था !···पूरे समाज की दृष्टि में अब यह सब 'पिछड़ापन' था।

शायद इसी कारण मैं अपने घर में सबसे कटकर रहने लगा था। मुझे इन लोगों से नफरत होने लगी थी। मैं भीतर-भीतर सुलगता रहता और कुछ प्रश्न ज्वालामुखी का लावा बनकर परत-दर-परत मेरे मन पर इकट्ठा होने लगे।···

ये परतें हमेशा मुझे खामोश बने रहने को विवश करतीं। मैं हमेशा इन परतों को हटाकर, कुरेदकर कुछ ढूँढ़ने में लगा रहता···पर वह 'कुछ' क्या था, यह मेरी समझ में न आता।

शायद इसीलिए···जबकि हमारा छोटा-सा परिवार पिताजी की पदोन्नति की खबर सुनकर धरती से सवा-इंच ऊपर उठ आया था, मैं अपने आपको जमीन पर फिसलता हुआ ही महसूस कर पा रहा था !

पदोन्नति होना एक आम घटना है। पर मुझे यह आम नहीं लगी।

आम घटना तो आम होती है···उसे सभी जानते हैं।···उसे किसी को चोरी-छुपे बताना नहीं पड़ता, क्योंकि सभी उससे परिचित होते हैं।

लेकिन पिताजी ने तो बिलकुल चोरों की तरह धीरे-से माँ को वह बात बतायी थी जिसका सम्बन्ध पिताजी की पदोन्नति से था !

"जानती हो यह सब कैसे हुआ ?···बड़ी मुश्किल से हो सका !··· पाँच हजार गँवाने पड़े !"

पिताजी के स्वर में जीत की खुशी थी। पर माँ के स्वर में पाँच हजार के नुकसान की निराशा—

"पाँच हज्जार !"

"नहीं तो और क्या !···पता नहीं तुम्हें ? चांस तो था रामनाथ सहाय का···मेरा कहाँ था ? मगर इन पाँच हजार ने पासा पलट दिया और रामनाथ बेचारा लटक दिया !"

'बेचारा' कहकर पिताजी ने जैसे रामनाथ के प्रति अपनी मरी हुई संवेदना को एक बेहूदा हरकत देने की कोशिश की थी !···जैसे एक फटेहाल आदमी के तन से उसके कपड़े नोंचकर स्वयं पहन लेना उनकी बड़ी भारी विवशता थी ! और ठंड से ऐंठते-सिकुड़ते किसी रामनाथ के नंगे बदन पर उनकी यह सहानुभूति जैसे कोई बड़ी भारी राहत पहुँचा रही हो !

यह सब सुनकर माँ ने आश्चर्य प्रकट किया—"अच्छा ?"

इस 'अच्छा' में रामनाथ के प्रति कोई संवेदना नहीं थी, सिर्फ पिताजी की रुपये से क्रय की गयी सफलता का गौरव था।

पिताजी ने टिप्पणी की, "अरे ! इसमें आश्चर्य की क्या बात है ?··· यह तो आम बात है।"

इसी 'आम-बात' ने बाड़े से घिरे मेरे भीतर के सुरक्षित जंगल को एकदम असुरक्षित कर डाला था···बल्कि अशान्त और अस्थिर भी ! मैं भीतर से बेचैनी महसूस करने लगा था।···बल्कि घृणा भी ! सत्य स्वयं में क्या है ?···वह, जो मुझमें ठूँसा गया है या वह, जो किया जाता है ?

3

पदोन्नति के उपरान्त पिताजी किसी काम से तीन-चार दिन के लिए बाहर चले गये थे। घर में मैं, छोटा भाई हरिहर और माँ ही थे। अक्सर ऐसा होता था कि दरवाजे पर दस्तक होती तो मैं दरवाजा नहीं खोलता था, क्योंकि कई बार लोग-बाग पिताजी से मिलने आया करते, लेकिन घर में होने के बावजूद उन्हें मिलना नहीं होता तो मना करा देते; लेकिन यह झूठ कभी मेरे गले नहीं उतरा···तो मैंने हमेशा आगन्तुक से बचने ही की कोशिश की।

लेकिन उस दिन कॉलबेल बजते ही मैं दरवाजा खोलने चला गया था।

"पहचाना ?"

दरवाजा खोलते ही आगन्तुक ने इतना-सा प्रश्न किया !

कपड़ों और शरीर से वह बहुत साधारण ही था, लेकिन उसका सारा व्यक्तित्व उसकी आँखों में समाया हुआ था !

मेरी और उसकी उम्र में आठ-दस वर्ष का अन्तर जरूर होगा; यह अनुमान मैंने उसी समय लगाया था, जिसका कारण मैं नहीं समझ पाया !·· फिर भी वह मुस्कुरा रहा था और मैं ऐसे खड़ा था जैसे मुस्कुराहट से अपरिचित रहा होऊँ !···या तो मेरे मुस्कुराने की उम्र निकल चुकी थी, या फिर, शायद उस उम्र तक मुझे अभी पहुँचना शेष था।·· यदि पहुँचना शेष है, तो शायद आगन्तुक युवा की उम्र तक पहुँचते-

पहुँचते मुस्कुराना सीख लूँ···तब आठ-दस वर्ष लगेंगे।

इन सारी बातों में परस्पर क्या सम्बन्ध था, यह मेरी समझ नहीं आ रहा था।

मुझे लगा, मैं मूर्ख-सा बुत बना उसके सामने खड़ा हूँ।···वह मुस्कुरा रहा है और उसकी आँखें पूछ रही हैं—"पहचाना ?"

मैं मन ही मन इनकार कर रहा हूँ, मगर कह नहीं पा रहा हूँ कि नहीं पहचाना··शायद कहीं मुलाकात हुई हो !··शायद भूल गया हूँ इसे।

मेरी असमंजस की स्थिति को स्वयं उसी ने तोड़ा, "अरे, कह क्यों नहीं देते यार, कि जब कभी मुलाकात ही नहीं हुई तो पहचानूँगा कैसे !"

कहकर वह फिर मुस्कुराया।

इस मुस्कान ने मुझे यह अहसास दिलाया कि मैं मूर्ख बना दिया गया हूँ !

लेकिन अगले ही पल आगन्तुक ने मेरा हाथ अपने हाथ में ले लिया और मैं अकारण ही झेंप गया।

"गधों को कौन पहचानता है यार !", उसने मेरा हाथ दबाते हुए कहना प्रारम्भ किया, "सब जगह आदमी की पहचान होती है।···और भैया, आदमी···आदमी बनता है कपड़ों-लत्तों से, रुपयों-पैसों से !··· बन्दा एकदम खाली है ! यार के पास कुछ भी नहीं ! पर अगर कभी तुम खोजोगे तो आदमीयत जरूर पा सकोगे।"

इस बीच हरिहर भी मेरे पीछे आ खड़ा हुआ था। शायद माँ ने यह देखने को भेजा हो कि देखो, बाहर कौन है।···आगन्तुक को इस प्रकार बोलता देख उसने जैसे दुतकारा—

"भैया, जब पापा घर में नहीं हैं तो क्यों इसके मुँह लग रहे हो फालतू में···आप जाइए, पापा बाहर गये हुए हैं।"

हरिहर की उद्दण्डता को मैं जानता था। मुझे बड़ा उबाल आया, मगर मैं सारा रोष पी गया; सिर्फ आँखें तरेरकर हरिहर को देखा, जिससे अप्रसन्न होकर चुपचाप वह घर के भीतर चला गया।

"आप बुरा न मानें, नासमझ लड़का है।" मैंने आगन्तुक से क्षमा-याचना की।

हरिहर के अपशब्दों से जो मुस्कान उसके चेहरे से मिट गयी थी, वह फिर उभर आयी···स्फूर्त-सी···स्थिर।

आँखों में चंचलता लिये वह बोला, "नहीं, थोड़ी देर के लिए मैंने यह जरूर महसूस किया है कि मैं कहीं सचमुच का गधा तो नहीं!··· तुम समझे कि नहीं?···मैं तो मजाक कर रहा था। छोड़ो···तुमने तो मुझे कभी शायद ही देखा हो···तुम्हारे पापा मुझे जानते हैं, मम्मी भी शायद परिचय देने पर पहचान लें···जरा भीतर कहो तो उन्हें।"

मैंने नम्रता से उत्तर दिया, "मगर यह सच है कि पिताजी घर में हैं नहीं।"

"अरे! यह भी सच है भैया कि मैं भी हूँ तो आदमी ही। गधा हूँ, पर सचमुच का थोड़ा ही!"

कहकर वह जोर से ठहाका लगाकर हँसा।

अगले पल वह एकदम गम्भीर और उदास हो उठा। बोला, "तुम नहीं जानते मैं बड़े संकट में हूँ!···जाना तो उनसे मिलकर ही है, भले ही एक-दो दिन इन्तजार करना पड़े।"

वह इस तरह अपनी बात बयान कर रहा था जैसे मैं उसका हमदर्द हूँ और उसके तमाम संकट दूर कर दूंगा। उसके चेहरे पर ऐसी व्यथा आ खड़ी हुई थी कि लगा, यह चेहरा कभी न मुस्कुराया है, न ही मुस्कुरा पायेगा!···

मुझे लगा उस पल मेरे व उस आदमी के बीच की उम्र का अन्तर मिट गया है, जो कि मैंने अनुमान से अपने भीतर अंकित कर रखा

था।···वह आदमी कहीं से मुझे अच्छा लगा।

लेकिन मैं उलझन में था कि उसे उत्तर क्या दूँ?

तभी माँ आ गयी।

माँ को देखते ही दोनों हाथ जोड़कर उसने प्रणाम किया और अपना तमाम परिचय देते हुए उसने अपना नाम बताया—दिवाकर।

दिवाकर के परिचय देने पर माँ उसे शायद पहचान गयी थी। हालाँकि उसके इस परिचय से कोई चमक या उत्साह जैसी बात माँ के चेहरे पर तनिक भी नहीं दीख पड़ी, लेकिन शायद किसी लिहाज से पिताजी के आने तक उसे घर पर ठहरा लेने को माँ राजी हो गयी थी।

गाँव के किसी रिश्ते में दिवाकर पिताजी का भाई लगता था। इस दृष्टि से मैं उसे चाचा ही कहता था।···फिर, वह था भी मुझसे आठ वर्ष बड़ा। दिवाकर ने अपने को चाचा कहलवाना चुपचाप स्वीकार कर लिया था, हालाँकि उसका मेरे संग व्यवहार एकदम दोस्तों-जैसा था! ··अधिकतर मुझे वह 'तुम' ही सम्बोधित किया करता था, किन्तु आत्मीयता के भावावेश में वह 'तू' पर भी उतर आता था।

सच तो यह था कि मैं अपने जीवन में एक अधूरापन, एक खालीपन महसूस कर रहा था, जिसने मुझे अन्तर्मुखी बना डाला था।··मैं यह नहीं समझ पाता था कि वह अधूरापन क्या है?···या कैसी पूर्णता की मुझे तलाश है?···पर दिवाकर का संग मुझे यह अहसास जरूर दिलाने लगा था कि दिवाकर मेरे जीवन के किसी खाली हिस्से को भर रहा है।

दिवाकर अधिकतर चुप ही रहता था।···प्रायः सवेरे के समय कम ही बोलता था···बस, 'हूँ', 'हाँ' तक ही सीमित रहता।···किन्तु जब वह बोलता तो लगता ही नहीं था कि अब कभी थमेगा भी!

दिवाकर की कौन-सी बात किसे बुरी लगती थी, किसे अच्छी··· बताना अनावश्यक है, किन्तु मुझे उसकी हर बात अच्छी लगती थी।···

बात वह होंठों से कहता लेकिन बात का सारा रहस्य उसकी आँखों में समाया रहता !

मैं उसकी बातें उसकी आँखों से ही सुनता था।

उसकी आदतें भी प्रायः विचित्र थीं···कभी-कभी असामान्य। दूसरों के लिए उसका व्यवहार या तो मूर्खतापूर्ण या फिर मसखरेपन-सा लग सकता था···पर उसे इसकी जरा भी परवाह नहीं थी। जो उसे करना होता था, कर देता था···जो कहना होता था, कह देता था।

वह जो करता या कहता, मैं उसमें कुछ न कुछ खोजने में लगा रहता।

अक्सर मैंने पाया, दिवाकर देर गये दर्पण में अपना चेहरा झाँकता रहता।

मेरा छोटा भाई हरिहर माँ से कहता,—"मम्मी देख तो, कैसा हॉफ-माइन्ड है !"

माँ जवाब में कहती, "मरा एकदम झक्की है, गूँगा भी !"

हरिहर की दिलचस्पी बढ़ जाती, "मम्मी, तुम्हीं ने तो घर में डेरा डलवा रखा है ऐसे गुरुघंटाल का !"

माँ शिकायती स्वर में गुस्सा प्रकट करती, "मरे को यों थोड़े कहा था कि तू खूँटा गाड़ के यहीं बस जइओ !···मैंने सोचा कि चलो विचारा दूर गाम से आया है, गरीब है, फिर किराया खरच के आवेगा··· पर ये थोड़े पता था तेरे पापा ही हद कर देंगे !···दो दिन को कह गये थे, छै दिन तो हो लिये···क्या बात है, क्या नहीं !"

माँ की चिन्ता पिताजी के लिए उभर आयी थी पर हरिहर का रस तो दिवाकर में था.। कहता, "मम्मी···यह तो हद दरजे का आदमी है !"

मैं कभी ऐसी बेहूदा बातों में अपने को 'एडजस्ट' नहीं कर सका। इसीलिए अपने घर में मैं एक पृथक् अस्तित्व के साथ भिन्न मानसिकता

के अकेलेपन को भोगता रहा।

एक दिन मैं दिवाकर से पूछ बैठा, "चाचा, घण्टों आईना क्यों देखा करते हो ?···कहीं से खूबसूरती उधार मार लाये हो क्या ?"

मेरे किसी भी प्रश्न के उत्तर में वह पहले मुस्कुराता था, लेकिन इस बार वह रुआँसा हो गया।

मुझे लगा, कुछ गलत कर दिया मैंने। मैं खुद ही उदास हो गया।

मुझे लगा, वह अभी ठहाका मारकर हँस पड़ेगा, जैसा कि वह मुझे उदास देखकर करता था···पर वह सचमुच गम्भीर था !

कुछ पल बीतने पर जैसे वह स्वयं को ही कुरेदते हुए बुदबुदाया, "गिरधर···कभी-कभी मैं गन्दा हो जाता हूँ।···इसी पर शर्मिन्दगी का अहसास करने के लिए अपने चेहरे में अपनी आँखें गड़ाये रखने की कोशिश करता हूँ मैं।"

"मेरी कुछ समझ नहीं आया, चाचा।"

"तेरे समझ क्यों आयेगा···बात इतनी सरल होती तो क्या यह आईना इतना जिद्दी होता ?"

"जिद्दी ?"

"और क्या ! ···यह इस आईने का ही ज़िद्दीपन तो है कि शर्मिन्दगी का अहसास कराने से इनकार करता है।"

मैं यद्यपि उसकी बात के रहस्य को नहीं समझ पा रहा था, फिर भी मैंने कह डाला, "ऐसा आईना चटका डालना चाहिए।"

"हाँ।" दिवाकर ने सिर्फ इतना कहा।

फिर कुछ देर चुप रहने के बाद उसने मुझसे पूछा, "तू मेरी माँ को जानता है रे ?"

यह प्रश्न कुछ इस तरह उसने किया मानो, मैं उसकी माँ को जानता हूँ, पर जानने से इनकार कर दूँगा।

मेरे इनकार करने पर उसने फिर उसी ढंग से सवाल किया, "अपनी

अन्तिम साँसों में माँ ने मुझे क्या बताया था, तुझ नहीं मालुम !

मैं चुपचाप उसके प्रश्नों में झाँक रहा था।

फिर उसकी माँ के बीमार, मिट्टी के लौंदे से चेहरे पर रेंगते हुए दर्द को मैं दिवाकर के चेहरे पर महसूस करने लगा था !

माँ के होंठों का अन्तिम कम्पन दिवाकर ने मेरे भीतर उतार दिया—

"देख बेटा···तेरा बाप, बेचारा···मसीहा था···मसीहा !···जब से वह मरा···"

"क्या ?···मेरा बाप मर चुका ? फिर यह कौन है जिसे मैं अपना बाप कहता हूँ ?"

"मेरा आदमी···सिर्फ मेरा पति।"

"यह क्या माँ !"

"यह सच्ची बात है बेटा···और यह दुनिया ऐसी सच्ची बातों से भरी पड़ी है।"

दिवाकर को लगा था, माँ कितनी गन्दी है !

किन्तु उसे अहसास होता, यह सोचकर वह स्वयं ही गन्दा हो जाता था।

कुछ विवशताओं ने ही दिवाकर की माँ की उस पवित्रता का अप-हरण कर लिया था।

कोई आदमी विवशताओं का लाभ उठाये बिना चतुर व बुद्धिमान नहीं कहला सकता।

···उसकी माँ के पति में यह गुण था !

उसकी माँ ने दिवाकर के ही लिए अपने को एक आदमी के हाथों बेच डाला था···और वह आदमी दिवाकर का बाप कहलाने का हकदार हो गया था।

विवशताओं में आदमी गन्दा नहीं माना जा सकता।

दिवाकर के असल बाप की एक विवशता थी···उसने एक आदमी से कर्ज लिया था। कर्ज कभी कोई किसी का उतार नहीं पाया है, यह भी उसके बाप की विवशता हो गयी।

जो कर्जा बाप नहीं उतार पाया, उसे माँ को उतारना था···और यह माँ की विवशता थी। इसीलिए, उस आदमी को माँ का पति बनना था, यह उस आदमी की विवशता बनी।

माँ जिस कर्ज को नहीं उतार पायी, वह बेटे के जिम्मे था···और माँ के पति का कर्जा उतारना दिवाकर की विवशता हो गयी।

इस कर्ज के रूप में माँ दिवाकर के कन्धों पर छोड़ गयी शराबी बूढ़ा पति और उसकी पोलियोग्रस्त अपाहिज सन्तान !

माँ को गन्दा मान लेना भी दिवाकर की विवशता है···मगर इस गन्देपन का अहसास दिवाकर के चेहरे पर जो बदसूरती पोत देता है··· दिवाकर आईना देखकर उसी पर शर्मिन्दगी प्रकट करता है !

आईना देखने की यह सच्चाई दिवाकर ने मुझे बिलकुल इसी तरह समझायी थी।

हरिहर ने शायद यह सब सुन लिया था।···जाकर उसने माँ से कहा था, "मम्मी, किस औलट आदमी को पाल रखा है घर में···अपनी 'मदर' को गालियाँ बक रहा है···जाने क्या ऊल-जलूल बातें हैं, और भैया रस लेकर सुन रहे हैं !"

माँ कुछ कर रही थी। करते-करते जवाब भी दिया, "कौन मुँह लगे इन दोनों के !"

उस दिन से मैंने आईने में अपना चेहरा देखना बन्द कर दिया था।

मुझे अपना चेहरा शर्मिन्दा नहीं, खौफ़नाक लगने लगा था·· अपने चेहरे पर उगे तीन नुकीली सींगें···पिता की लाल-क्रुद्ध आँखें···माँ का रूखापन···भाई का काँइयापन···आईने में मुझे आतंकित करते !

4

पहले तो मुझे आश्चर्य ही हुआ था कि माँ ने दिवाकर को पिताजी के बाहर से लौट आने तक के लिए घर पर कैसे ठहरा लिया ?···घास मे यह हमदर्दी का फूल कहाँ से उग आया था ? जब कि माँ जानती भी थी कि पिताजी स्वयं भी इस तरह किसी को घर पर ठहराना पसन्द नहीं करेंगे···फिर दिवाकर जैसे सामान्य आदमी की हैसियत भी क्या है ?···यही नहीं, छोटा भाई हरिहर तो किसी भी ऐसे आदमी को 'आदमी' ही नहीं मानता था। उसने माँ से विरोध किया भी···और दिवाकर ही माँ के साथ उसकी चर्चा का विषय होता था।

किन्तु उस दिन···मैंने अपनी नंगी आँखों से देखा कि दरअसल घास में कोई फूल नहीं उगा था, यह सिर्फ एक नयी तरह की घास थी !··· ऐसी घटिया किस्म की घास, जिस पर जानवर भी मुँह न मारे !

माँ हरिहर को समझा रही थी—

"दिवाकर को मुफ़्त में थोड़ा ही टिका रखा है ?···घर का सारा काम-काज कराती हूँ उससे। तेरे बाप को कहते कहते हार गयी···इस उमर में घर का झाड़ू-पोंछा, कपड़े-लत्ते का काम नहीं होता · एक नौकर की कमी तो पूरी हो गयी समझो।"

"लेकिन मम्मी, वो है कित्ते दिन के लिए ?"

"दिन ?···भैया, वो तो नौकरी माँगने आया है। जब तक नौकरी करेगा···"

"तो नौकरी की जगह तुम उसे नौकर रखोगी···यह गधा घर में झाड़ू-पोंछा लगायेगा ? कपड़े-लत्ते धोयेगा ?"

"और क्या ! ·· देखना धीरे-धीरे लैन पे लगा दूँगी मरे को। अभी तो दो-चार दिन बाहर का काम कराके इसकी टहल कर रही हूँ।"

"पापा क्या इसकी नौकरी लगवा देंगे ?" हरिहर ने शंका व्यक्त की।

माँ ने समाधान प्रस्तुत किया, "अरे तेरे पापा तो ऐसों-ऐसों को जाने कहाँ से मुँह लगाते फिरते हैं ?···तेरे पापा ने कभी इसके बाप-दादा को इस तरह की सहायता का वचन दिया होगा···"

हरिहर को व्यंग्य सूझा, "हाँ मम्मी···प्रान जाई पर बचन न जाई !"

माँ के चेहरे पर कुटिल मुस्कान उभर कर लुप्त हो गयी। वह इस वार्तालाप का उपसंहार करते हुए बोली, "हमें क्या, जब तक है काम करेगा।···नहीं तो भैया, छुट्टी।···अर फिर, इत्ते पर भी कोई अहसान न माने तो फूंक परे को ऐसे को !"

माँ के इस वाक्य में छुपी खीझ को मैं समझ नहीं पाया। यह वाक्य दोहराते हुए माँ ने ऐसा मुँह बनाया था, जैसे दिवाकर उनके सामने खड़ा हो, और उसने उसकी किसी आज्ञा की अवहेलना कर दी हो।

पर मैं देखता, दिवाकर हर काम हर समय करने को तत्पर रहता।···दो-चार दिन में ही दिवाकर ने घर में कुछ ऐसा वातावरण खड़ा कर दिया था कि वह हरदम स्वयं ही गूँजता रहता !

माँ दिवाकर का इस्तेमाल करना जानती थी।

"दिवाकर, जरा बाजार से सब्जी ला देना भैया !"···

और दिवाकर थैला उठाये बाजार दौड़ा जा रहा है !

"दिवाकर, जरा थक गयी हूँ···ये कपड़े निचोड़ कर रस्सी पर

फला देना।"

और दिवाकर ने तमाम कपड़े सँभाल लिये हैं !

"दिवाकर, जरा बाजार से कच्चा कोयला लाना है···और हाँ, रास्ते में शीला का घर भी पड़ता है···पता सुन लो···जरा उसे इत्ता भर कह देना कि मैंने बुलवाया है···मिले-जुले हफ्तों हो गये ···।"

दिवाकर ने गुलाम की तरह हामी भरते हुए आज्ञा पालन की है !

"दिवाकर, जरा राशन लाना है आज··"

और दिवाकर लम्बी लाइन में जा शामिल हुआ है !

"दिवाकर, बिजली का बिल ज्यादा आया है, जरा बिजलीघर जाकर ठीक करा लाना।"

और दिवाकर बिजली के दफ्तर के चक्कर काट रहा है !

मुझे दिवाकर पर चिढ़ उठने लगी थी। वह जैसे कोई यंत्र था जो कल दबाते ही चालू हो जाता।···कभी-कभी उसकी यह स्थिति मुझे उबा देती।

कई बार मैं अजीब उलझन में पड़ जाता।···क्यों न दिवाकर से साफ-साफ कह डालूँ कि चाचा कैसे आपको इस्तेमाल किया जा रहा है !·· लेकिन क्या दिवाकर यह सब नहीं समझता ? वह क्या मूर्ख है ? क्या वह अहसास नहीं कर रहा ?

मुझे लगता कि यह सब आदमी की मजबूरियों का अपमान है। इस अन्याय के विरुद्ध भीतर से मैं एकदम सुलग उठा था।···कभी सोचता मुझे सीधे माँ का ही विरोध कर डालना चाहिए। लेकिन ऐसा करने का साहस मुझमें कभी नहीं आ सका।

क्या होगा यदि दिवाकर को यह अहसास दिला भी दूँ···यही न कि वह इस्तेमाल होना बन्द कर देगा···और कि उसे भगा दिया जायेगा·· नौकरी की जो भी उम्मीद उसने लगा रखी थी, खत्म हो जायेगी··· और फिर मैं···मैं फिर से दिवाकर के बिना अकेलेपन का कड़वा घूँट पीने

को विवश हो जाऊँगा !

नहीं, मुझे दिवाकर को कुछ भी अहसास नहीं होने देना चाहिए।··· उसे स्वयं अहसास है···हाँ, वह चुपचाप इस अपमान और अन्याय को ढोयेगा, क्योंकि उसे रोजगार चाहिए···एक लालच ठहरा ! वह सभी कुछ करेगा···नौकरी भी···गुलामी भी।

तब ठीक है, मैं भी चुपचाप सहन करता हूँ, मैंने निर्णय कर लिया था।

किन्तु यह निर्णय मेरे भीतर की चोट को ज्यादा देर सहलाने में सफल न हो सका।

एक दिन बाजार जाते समय मैंने अप्रत्यक्ष रूप से उसे कुरेदने का यत्न कर डाला।

"चाचा, अगर किसी आदमी का इस्तेमाल गलत ढंग से किया जा रहा हो और उसे इसका अहसास ही न हो ?"

"तो वह मूर्ख ठहरा, और क्या !"

"किन्तु यदि अहसास हो और फिर भी इस्तेमाल में आ रहा हो ?"

"तब क्या, मजबूर होगा।"

दिवाकर ने बड़ी सहजता से जवाब दिये थे।

मैं चुप हो गया।

दिवाकर भी चुपचाप चलता रहा।

कुछ देर चुपचाप चलने पर अचानक ही दिवाकर जोर से ठहाका मारकर हँसने लगा।···मैं कुछ भी न समझ पाया !

मैं चीख-चीखकर अपना तमाम गुस्सा उस पर उँडेल देना चाहता था—"चाचा, मैं यह अपमान और अन्याय नहीं सह पा रहा हूँ !"··· पर साफ-साफ कुछ भी कह डालने की मेरी हिम्मत नहीं पड़ी। लगा कि मेरे प्रश्नों के उत्तर में दिवाकर ने अपने अहसास का परिचय दे दिया है।···और सिवा इस ठहाके के अपनी विवशताओं को प्रकट

करने का कोई दूसरा रास्ता वह निकाल भी नहीं सकता था।

क्रोध के मारे मेरी रुलाई फूट पड़ने को आ गयी।

अपनी आँखों का गीलापन तब मैंने महसूस किया जब चलते-चलते अचानक दिवाकर ने मुझे टोक दिया।

"गिरधर, एक चुटकुला सुनाऊँ ?"

आँखें पोंछ कर चुपचाप मैं चलता रहा।

दिवाकर ने चुटकुला सुनाया और फिर अपने आप ही अकेले इतनी जोर से हँसा, जैसे चुटकुला मैंने उसे सुनाया हो।

"अरे !··· तुम नहीं मुस्कुराये ?"

मेरी ओर देखकर उसने पूछा।

मैंने खिन्न मन से कह दिया—"नहीं, कुछ नहीं।"

"बस मेरा भी यही कहना है कि···कुछ नहीं।" उसने मेरा दायाँ हाथ अपने हाथ में लेते हुए जैसे मुझे सान्त्वना दी और फिर जोर से हँसा, जैसे एक और चुटकुला सुन लिया हो।

मैंने कुछ चिढ़कर कहा, "हँसना एकदम निरर्थक है।"

"छोड़ चल।···दर्द, गम, उदासी···ये तमाम चीजें दिल की हैं···सिर्फ दिल इनकी जगह है। होंठों या आँखों में ये चीजें कुछ जँचती नहीं···तेरा क्या ख्याल है रे ?···होंठों के लिए प्रकृति ने दी है मुस्कान और मुक्त हँसी···आँखों के लिए आशा की चमक।"

कहकर वह चुप हो गया जैसे मुझसे किसी उत्तर की आशा में हो।

मेरे चुप साधने पर वह फिर समझाने लगा।

"अच्छा बता···काँटे देखे हैं तूने ?"

फिर मेरे जवाब की प्रतीक्षा किये बिना वह आगे बोला, "खैर चल, देखे ही होंगे···मान लिया। पर देख तो काँटे उगते अपनी ही जगह हैं···वहीं, जहाँ कि उन्हें उगना चाहिए···भला काँटे फूल की किसी पंखुरी पर क्यों नहीं उग आते ?"

दिवाकर की यह फिलॉसफी सुनकर जाने क्यों मुझे झुँझलाहट-भरी हँसी आ गयी।

वह कुछ सन्तुष्ट होकर मजाक के मूड में बोला, "गिरधर, तुझे फिलॉसफी की कुछ समझ वगैरा नहीं रे ?"

मैं कुछ सामान्य हो चला था। धीरे-से मैंने दिवाकर को इशारा करते हुए बताया, "चाचा, देखो, वो सामने···पटरी पर भिखारी बैठा है ?"

दिवाकर ने हामी भरी तो मैंने बड़े ही विनोदपूर्ण स्वर में कह डाला।

"जाओ, उसे फिलॉसफी सिखाओ अपनी···शायद उसका पेट भर जाये !"

अपने ही इस कथन पर मुझे हँसी आयी, जिसे मैं रोक न पाया··· संभवतः दिवाकर की काट करके अपनी जीत का अहसास हुआ था मुझे।

दिवाकर मेरे साथ चलता हुआ जब भिखारी के निकट आ पहुँचा तो बोला, "ये सीखेगा फिलॉसफी ?···ये तो सिखाता है।" कहकर फिर वह ठहाका मार हँसी हँसा।

भिखारी दृष्टिहीन और पैरों से अपाहिज था। उसकी तमाम याचना टूटे-फूटे शब्दों में समायी हुई थी, "बा-आ-बू···इक पिसा दे अ जाव तो चाऽ पीईलेअता।"

बस उसके हिस्से में जैसे ये ही शब्द आये थे, भरे हुए टेप की तरह केवल यही वाक्य उसके मुँह से लौट-लौट कर आ पाता था।

दिवाकर ने आँखें मटकायीं और वहीं खड़ा होकर बोला––

"कैसा बेवकूफ आदमी है !"

"कौन ?"

"अरे कौन, येई आदमी जो एक पैसा माँग रहा है···और कौन।"

"क्यों ?" मेरी समझ में नहीं आया था।

"कहता है एक पैसा मिल जाय तो चाय पी लेता !···बेवकूफ, एक पैसे में कहीं चाय मिल जायेगी।"

कहकर दिवाकर चुपचाप आगे बढ़ गया।

वह कुछ गंभीर हो गया था, मैं भी उसके पीछे चुपचाप चल दिया।

मुझे कुछ झुंझलाहट हुई···जाने दिवाकर की बातों पर या फिर उसकी गम्भीरता पर। मुझे दरअसल यह अहसास हो रहा था कि ये सब बातें बेमतलब की हैं···क्योंकि इनमें सिर्फ एक तरह की बेरुखी मौजूद है, हमदर्दी नहीं।

दिवाकर निकट ही एक चाय की दुकान पर आ ठहरा।

दुकानदार को चाय बनाने का संकेत करने के बाद दिवाकर ने मुझे बेंच पर बैठाते हुए कहा, "तुमने इस एक पैसा माँगने वाले से फिलॉसफी सीखी कि नहीं ?···देखते नहीं, बेचारा सिर्फ एक पैसे के सहारे अपने जीवन के प्रति कितना आश्वस्त है !···लोग तो मालामाल होकर भी बेचैन हैं।"

चाय आने पर एक कप मुझे पकड़ाकर दिवाकर ने मुझसे कहा, "जा गिरधर, ये चाय और कुछ पकौड़ियाँ उस बेचारे को दे आ···फिर हम लोग भी चाय पीकर बाजार के काम निपटा लें।"

मुझे लग रहा था···किसी देवदूत की आज्ञा थी मेरे हाथ में, न कि चाय का कप।···मुझे यह इत्मीनान भी हो गया था कि कोई काँटा कभी फूल की पंखुरी पर नहीं उग सकता···उसके उगने का एक अपना स्थान होता है···अलग।

5

लगभग सप्ताह भर बाद पिताजी बाहर से लौट आये थे।

दिन ढल चुका था किन्तु सूरज अभी पूरा ही चमक रहा था।

पिताजी के आने की भनक मिलते ही मैं छत पर चला आया था।

ऐसा हमेशा होता था। उनका सामना करने से पूर्व मैं पहले उनके मूड की जाँच करता था।···मैं जानता था कि वे जब भी कहीं बाहर से लौटते तो उनका मूड जरा तीखा होता है।··· यह मूड मेरे भीतर एक घृणा भरी मातमी गन्ध छोड़ देता।

ऐसे में वे अक्सर चुपचाप आँखें चढ़ाये तुनकते हुए घर भर की वस्तुएँ इधर से उधर उलटते-पलटते फिरते!···कभी उन्हें उनका तौलिया नहीं मिल पाता···कभी उनका पाजामा नदारद!···कभी वे चप्पलें खोज रहे होते तो कभी कंघा ही गुम हुआ होता।··जब सब कुछ ठीक-ठाक मिल जाता तो वे घर की अस्त-व्यस्त हालत पर ही गुस्सा निकाल लेते। और कपड़ों व इधर-उधर बेतरतीबी से बिखरी दूसरी चीजों की उठा-पटक भी कर लेते!

माँ ऐसे में अपने काम में जा लगती।

वे चीजें ढूँढ़ते रहें, चिल्लाते रहें···उनकी बला से!

पिताजी के बाहर से आने पर माँ का पहला काम था, चाय-पानी की व्यवस्था। शेष काम छोड़ वे इसी में जुट जाती।

और पिताजी का यह 'मूड' तब कहीं जाकर टूटता जब घंटाभर वे

सफर की और दूसरी बातें माँ से कर लेते।

मैं छत पर ढलते सूरज की फीकी पड़ती जा रही किरणों की गर्मी झेल रहा था। आकाश कतई साफ-सुथरा था। छत की सीमेंट से भी उमस महसूस हो रही थी।

मुझे दिवाकर का खयाल आ गया। अभी आध घंटा पहले माँ ने उसे बीस किलो पत्थर-कोयला लाने बाजार भेजा था। जाते-जाते हिदायत भी दी थी, "दस जगह पूछकर लाना···मोल-भाव करके···भाव ऊपर-नीचे होते हैं। जहाँ सस्ता हो, वहीं से लाना।"

मैं उस समय अर्द्धनिद्रा की-सी स्थिति में लेटा हुआ था। अधिकतर दिवाकर बाजार का काम करने जब भी जाता, मुझे साथ ले लेता। किन्तु उस समय मुझे सोता हुआ जानकर जगाना उसने उचित न समझा होगा।···मैं बहुत चाहकर भी नींद के मोह से मुक्त नहीं हो पाया था। हालाँकि उसके चले जाने पर ठीक से सो भी नहीं पाया था।·· कई बार अचकचाकर मेरी आँखें खुल जातीं, जैसे दिवाकर ने आवाज दी हो।

मैं पछतावा करने लगा।

काश, दिवाकर जगा लेता मुझे।···झिंझोड़कर मुझे उठा लेना चाहिए था!···बेचारे को फालतू में नौकर बनना पड़ गया है!··· बेवजह लालच में फँसा हुआ है। मुझे जरा भी आशा नहीं कि पिताजी इसको कहीं नौकरी दिला सकेंगे।···दो दिन के लिए भी इस आदमी को मेहमान नहीं माना जा सका!···आखिर एक अहसास जो उस पर थोपा जाने वाला था, उसी का एडवांस-मूल्य चुका रहा था दिवाकर!

मैं दिवाकर के बारे में सोचने लगा था।

इधर सूरज का चेहरा भी सुर्ख लाल हो चला था।···लेकिन सूरज का यह सुर्ख चेहरा मुझे उस फीके चेहरे से अच्छा लगा जो दिन भर आग फेंकने के बाद हारा हुआ-सा प्रतीत हो रहा था।

दिवाकर तो शहर-भर की खाक छानकर कोयला लायेगा ही, किन्तु

पिताजी को देख वह चौंक भी उठेगा !

लेकिन पिताजी···?

घर में कुछ खास किस्म के मेहमान ही पिताजी की उदारता के घेरे में आ पाते थे।···बाकी लोगों को, चाहे कोई निकट-रिश्तेदार भी हो, सराय के मुसाफिर से ज्यादा महत्व नहीं दिया जाता था, जिसका ठहराना मजबूरी होती, तथा चला जाना 'बला टली' जैसा सन्तोष।

फिर, दिवाकर की तो वह हैसियत भी नहीं थी।

सूरज का सुर्ख रंग लुप्त हो गया था। बादल के कुछ फटे-चिथड़े, गूदड़ जैसे टुकड़े आकाश पर बिखर गये थे।···मैं उनमें तरह-तरह के रूप निकालने लगा।

नीचे पिताजी आँगन में मुँह-हाथ धोकर अपने को 'फ्रेश' बना रहे थे। और माँ ने शायद चाय वगैरह तैयार कर ली थी।

पिताजी की आवाज सुनाई पड़ी, "मैं तो नहाने की सोच रहा था···पर चलो, पहले चाय ही पी ली जाय।"

माँ ने बरामदे से आँगन की तरफ मेज खींचते हुए समझाने के स्वर में कहा, "घंटे भर बाद नहाना।···कड़क चाय बनाकर लायी हूँ, थकान मिटी जानो।"

"हाँ-हाँ, घंटा भर बाद ही सही।···पर नहाना जरूर है। चिप-चिपा रहा हूँ सारा। खाना जरा देर से बनाना, आराम से।" हाथ-मुँह पोंछकर गीली तौलिया को रस्सी पर फैलाते हुए पिताजी ने कहा।

उनके स्वर में ताजापन था। चेहरे पर भी चमक थी।···आज तो उनके व्यवहार में कोई भी सलवट नहीं थी !

यह मेरे लिए आश्चर्य की बात थी। फिर भी मुझे जरा सन्तोष मिला। चलो, मैं उस मातमी-बू से बच गया, जो उनके तीखे मूड के कारण मेरे भीतर उठने लगती थी।

चाय का घूंट भरने के बाद पिताजी चाकू से सेब काटने लगे।

माँ भीतर कमरे की लाइट ऑन करके बाहर पिताजी के निकट ही आ बैठी थी।

"काम हुआ ?" पिताजी की ओर देखते हुए माँ ने पूछा।

पिताजी उत्तर में जरा चहके।···पहले बड़े आराम से सेब की एक फाँक मुँह में डालकर चबायी। फिर काटकर दूसरी फाँक माँ की ओर बढ़ाते हुए उत्तर दिया, "नहीं तो क्या इतने दिन लगाता।"

माँ के चेहरे पर जिज्ञासा उग आयी।

पिताजी ने उस जिज्ञासा पर अपनी विजय का झण्डा गाड़ दिया, बताया, "पूरे ढाई हजार पर हाथ मारा है !"

माँ के भीतर गुदगुदाहट फैल गयी।

चाय का घूँट भर के प्याला मेज पर टिकाते हुए पिताजी आगे बोले, "बस, यह अपने भाग में था···वरना यह काम करना था बाबूलाल को··और वो खबीस तो कहीं ज्यादा घोटाला करता···मैं तो जरा थोड़ा-थोड़ा करके खाने वालों में से हूँ···आराम से ! अफरा-तफरी अपने बस की है नहीं।"

पिताजी के चेहरे पर कुटिलता-भरा एक सुख था।

माँ की आँखों में पति के हौसलों का गर्व था।

पिताजी कुछ देर बाद फिर बोले, "बाबूलाल···बेचारा महीनों से बीमार चल रहा है···छुट्टी पर है। खूब कमाया-खाया है स्साले ने इस सीट पर। मरेगा ससुरा !"

इस बीच बाहर किसी ने कॉलबैल बजायी तो माँ उठकर दरवाजा खोलने चली गयी।

पिताजी जेब से डायरी निकालकर कुछ हिसाब-किताब देखने लगे।

मैं भीतर-भीतर मातम मनाने लगा।

मेरे चारों तरफ अँधेरा घिर आया था। सीमेंट की छत अभी भी आँच उगल रही थी, किन्तु इधर-उधर से आकर हवा मुझे छू जाती

थी।...पर उसका स्पर्श मुझे कुछ भी सन्तोष नहीं दे पा रहा था। पिताजी के सामने पड़ने का इकट्ठा किया मेरा उत्साह इस समय सड़ने लग गया था। ..पिताजी के चेहरे पर जो ताजगी मैंने थोड़ी देर पूर्व महसूस की थी, उससे मुझे दुर्गन्ध आने लगी थी।

मैं उठा और छत पर तेजी से टहलने लगा। ..मैं कोई भी खयाल अपने मस्तिष्क में इस समय आने नहीं देना चाहता था...और इसीलिए बीच-बीच में मैं अपना सिर झटक रहा था।

दरवाजा खोलकर माँ लौटी तो पिता ने प्रश्नसूचक दृष्टि से माँ की ओर देखा।

माँ ने उत्तर में कहा, "दिवाकर था...मरा पाँच-छह दिन से बला की तरह चिपटा पड़ा है।"

बला !...यह शब्द मेरे कलेजे में धधक उठा। मुफ्त का नौकर बना दिवाकर 'बला' है !...गुलाम की तरह खटने के बदले दिवाकर को यह सम्मान दिया गया था।

मुझे लगने लगा कि मैं अभी दिवाकर को घूंसे मार-मारकर यहाँ से भगा दूं।...इस बेवकूफ को इस अन्याय और शोषण का अहसास क्यों नहीं ? यही सब करना था तो किसी रईस के यहाँ जाकर नौकर हो जाता...कम से कम मजदूरी तो मिलती।

उसी क्षण मैं दिवाकर के प्रति विद्रोही बन उठा था।...यह दिवाकर कुछ नहीं, बस चमचागिरी कर रहा है। नौकरी जैसे सचमुच इसके लिए धरी थी !...यह नासमझ आदमी शायद यह सोचता होगा कि उसकी बड़ी प्रशंसा होती होगी कि देखो बेचारा कितना काम करता है...कितना भला है।

मुझे हर बात से घृणा हो रही थी। मैं यह नहीं समझ पा रहा

था कि मैं जो कुछ सोच रहा हूँ वह ठीक है या कहीं मैं पागल तो नहीं हो गया हूँ।

दिवाकर का नाम सुनकर पिताजी ने माथे पर बल डालकर सोचा कि दिवाकर कौन है।

माँ ने याद दिलाते हुए कहा, "वही ना, जिसका बाप आपके गाँव में कभी साइकिलों की मरम्मत का काम करता था... आपने कई बार उसे ताऊ-ताऊ कहके उसकी तारीफ भी की है, भूल गये?"

पिताजी ने हाथ नचाकर कहा, "अच्छा-अच्छा...वो, उसका लौंडा है दिवाकर?"

पिताजी को जैसे सारी बातें याद आ गयी थीं, माँ को सुनाने लगे, "सच्ची, था तो आदमी भला ही।...हम तो इतना जानते हैं कि पिताजी का एक गुर्दा जब बेकार हो गया था तो गाँव-भर में सबने मुँह फेर लिया था गुर्दा-दान के नाम पर...ऐसे में ताऊ ने ही अपना गुर्दा दान किया था...वो भी फ्री में...एक पैसा तक नहीं लिया था।"

माँ ने ऊबते हुए कहा, "हो लिया चलो। मेरे कू पता है सारी कथा।"

पिताजी ने सवाल किया, "तो फिर, दिवाकर को किसलिए टिका रखा है यहाँ?...ताऊ तो बिचारा उन्हीं दिनों बीमार होकर मर गया था।"

माँ ने कुढ़े हुए स्वर में कहा, "तो गिरधर के बाबा ही कौन-सा अमर हो गये थे गुर्दा देने से!...साल-भर पीछे चल ही बसे थे बिचारे। गुर्दा किस काम का निकला?"

"हाँ, पिताजी भी नहीं जिये। ताऊ तो बिचारा जान से गया ही।...सुना था, बाद में ताऊ की घरवाली ने किसी को खसम भी कर लिया था! औरतजात..." कहते-कहते पिताजी ने मुँह में ही बात रोक ली। शायद इस भय से कि औरतों पर जो टिप्पणी वे करने जा रहे

थे, उससे कहीं माँ बिगड़ न उठे।

बात को मोड़ देते हुए कहने लगे, "जाने इसका दूसरा बाप जिन्दा भी है कि नहीं ?·· कभी था तो पैसे वाला, पर था शराबी-आवारा।··· इसी ने उसे कंगाल भी कर दिया था।"

माँ ने बिगड़कर कहा, "हुआ होगा, छोड़ो।···पाँच दिन से वो लड़का रोटी तोड़ रहा है। उसे काम पर लगाओ।"

"काम पर ?"

"हाँ, नहीं तो क्या !···जाने किस-किसको मुँह लगा आते हो आप भी। कह रहा था, एक दफा भाई साहब ने वादा किया था···"

पिताजी बुदबुदाते-से बोले, "तो ये सच्ची ही नौकरी के लिए आया है। ज़ाने पढ़ा-लिखा भी है कि नहीं।"

माँ ने ताना कसा, "तो फिर भुगतो !"

"भुगतना तो कुछ नहीं···लगवा भी देता···ताऊ को वादा किया था···बेचारा बुरे वक्त वो काम तो आया ही था। पर सवाल ये है कि इसे रखवाने का मतलब है एक-दो हजार का नुकसान।"

माँ की समझ में नुकसान वाली बात नहीं आयी। वे पिताजी के चेहरे की ओर देखती रही तो पिताजी ने समझाया, "एक जगह खाली है···मगर उस पोस्ट के लिए आठ-आठ हजार की ऑफर है। एक-दो हजार का अपना भी हिस्सा बन जायेगा।"

"तो फिर क्या पागल कुत्ते ने काटा है जो दो हजार को दो रुपया समझ के छोड़ दो···पैसा किसे बुरा लगता है। वैसे ही दिन पै दिन खर्चा मुश्किल पड़ रहा है।" माँ ने पूरा समर्थन किया।

"हाँ वही तो··· इससे तो पाई भी नहीं मिल सकती।" पिताजी के स्वर में निराशा थी।

"नहीं तो जाने दे ही देगा ये !" माँ ने और स्पष्ट किया।

"तब फिर···टाल दूंगा, और क्या।"

माँ, इस पर कोई प्रतिक्रिया न करके, उठकर रसोई घर की ओर चल दी।

पिताजी अपने निर्णय को अधर में लटकाये बोले, "तो फिर क्या सोचा ?" और उठकर कमरे की ओर बढ़ गये।

मुझे लगा, इस घर में कोई भयंकर विषधर है जो दिवाकर के घर में घुसते ही उसे डस लेगा !

पर क्या दिवाकर मर जायेगा ?

मैं उसकी मौत की कल्पना करने लगा।

वह बहुत छटपटायेगा···सिर पटकेगा···पर मर नहीं पायेगा।

मैं तेजी से सीढ़ियाँ उतरने लगा।

मेरे सामने सिर्फ दो विकल्प थे—या तो अपना सिर नोच डालूँ·· या दिवाकर को घूँसों और लातों से बराबर कर दूँ !

नीचे की सीढ़ी पर आके मैं फिसल गया था और लुढ़ककर औंधा जमीन पर जा गिरा था।···हालाँकि मैं उठने लायक स्थिति में तब भी था, पर मैंने उठकर खड़े होने की चेष्टा ही नहीं की।

6

अगले दिन दिवाकर को घर लौट जाना पड़ा।

पिताजी सीधे-सीधे दिवाकर को इनकार न कर सके। शायद दिवाकर के बाप के अहसान का कोई लिहाज उनमें शेष था।

पिताजी ने दिवाकर से ज्यादा बात नहीं की थी।

दिवाकर ने भी उनके बेतुके प्रश्नों का बहुत संक्षिप्त उत्तर दिया था।

पिताजी ने पूछा, "तेरे बाप के क्या हाल हैं?"

"नहीं रहे!"

"अरे कौन, मैं तेरे दूसरे बाप की पूछ रहा हूँ···सुना है खूब पीता है?"

"हूँ।" दिवाकर ने हामी भरी।

"तेरी माँ को वैसे ऐसा नहीं करना चाहिए था···तेरा पहला बाप बेचारा भला आदमी था···पर तेरी माँ ने बिरादरी तक का खयाल न रखा।"

इस बार दिवाकर कुछ न कह सका। बस, उसने पलकें उठाकर एक नजर पिताजी पर डाली और लगा, उसकी आँखों में एक मुर्दघाट बन गया हो और उस मुर्दघाट की डरावनी चीत्कारों के बीच बस वह नीचे धँसता जा रहा हो!

इस छोटे-से इंटरव्यू के अन्त में पिताजी ने दिवाकर को आश्वासन दिया था, "दो-तीन दिन बाद आना···तेरे लिए कोशिश करेंगे, भई।"

न मालूम इस दो-एक दिन के अन्तराल में कौन-सा महत्वपूर्ण निर्णय वे लेना चाहते थे।···दो दिन बाद बस मामूली-सा परिवर्तन पिताजी की जुबान में आयेगा, "काम नहीं बना।"·· और यह मामूली-सा परिवर्तन ही दिवाकर को निराशा की लपटों के बीच फेंक देगा।

मैं उन लपटों की आँच को अपने भीतर महसूस करने लगा था। मैंने यह कल्पना अच्छी तरह कर ली थी कि दिवाकर को यह साँप जरूर डसेगा। जैसे मैं दिवाकर की मौत का इन्तजार करने लगा था। प्रतीत होता था कि यह मौत मेरे भीतर बवंडर खड़ा कर देगी और मैं एक ही हिचकोले में अपने आप में से समूचा बाहर आ पड़ूँगा! फिर कौन इसकी चपेट में आ जाय, मुझे परवाह नहीं···परवाह के लायक घर में है भी कौन? मुझे बारूद बन जाने का जैसे बहाना चाहिए था, और वह अवसर जैसे आना ही चाहता हो।···मैं चाहता था, यह बारूद फूटकर एक अदृश्य काले पर्दे को चिथड़ा-चिथड़ा कर डाले और मैं चीख-चीखकर कह सकूँ कि 'देखो, यह है तुम्हारी तस्वीर···देखो, तुम सब क्या हो!'

आश्वासन बगल में दबाकर दिवाकर अपने गाँव वापस लौट गया था।

दिवाकर के चले जाने से माँ को बड़ी असुविधा महसूस हुई···न उनके काम में हाथ बँटाने वाला कोई था, न कोई दूसरे काम इतनी तत्परता के साथ हो सकते थे।

यह शिकायत माँ ने पिताजी से की।

पिताजी ने माँ से प्रश्न किया, "बोलो, तुम्हें गाढ़ी आमदनी चाहिए कि नौकर?"

माँ सोच में पड़ गयी। किन्तु अगले ही क्षण कह भी दिया, "ऐसी आमदनी भी किस काम की जो मरे इस उमर में भी सहूलियत ना मिली।"

पिताजी के चेहरे को धूर्त मुस्कान ने घेर लिया। इसे होंठों पर उतारते हुए उन्होंने खुलना आरम्भ किया, "दिवाकर चाहिए तो हथेलियाँ सूखी ही रखनी पड़ेंगी।·· हथेलियाँ यदि चुपड़नी हैं तो दिवाकर जैसे मुफ्त के नौकर से हाथ धोना पड़ेगा।"

माँ ने हिसाब-किताब समझाया, "बात तो वही पड़ती है। अब मेरे बस का ना तो घर का काम है, ना बाहर का काम करने वाला कोई है घर में···हरिहर या गिरधर को दस बार कहो तो एक बार सुनते हैं··· सो एक आदमी घर में रखना ही पड़ेगा।"

पिताजी ने बनावटी चिड़चिड़ेपन से माँ को डाँट-भरे स्वर में कहा, "तो तुम समझती हो दिवाकर आफिस की बजाय घर का काम किया करेगा ? उसकी कुर्सी पर बैठकर क्या मैं काम करूँगा !"

माँ ने पूर्ण इत्मीनान से जवाब दिया, "ना सही, सुबह-शाम बाजार का काम तो कर ही सकता है। छुट्टियों में घर के काम में भी हाथ बँटा दिया करेगा, क्या हर्ज है।···फिर बिचारा है भी मेहनती···काम से जी नहीं चुराता।"

तमाम बातों का निष्कर्ष यह निकला कि दिवाकर को फिलहाल आठ-दस माह के लिए नौकरी पर रखवाये देते हैं।···बाद में तो इस पोस्ट के लिए इण्टरव्यू आदि के लिए विज्ञापन निकाले जायेंगे···और यह निश्चित था कि भर्ती उसी को किया जाना था जो मोटी रकम से हाथ चुपड़ सके। पिताजी का विचार था कि इस बीच दिवाकर के बाप का अहसान भी चुकता कर लिया जाय और बाद में इस टेम्परेरी पोस्ट से उसे हटवाकर हाथ भी चुपड़ लिये जायँ।

हालाँकि इस टेम्परेरी पीरियड के लिए भी पिताजी अपने हाथ

चुपड़ सकते थे, किन्तु सौ फिक्रों में से एक उन्हें दिवाकर के बाप का अहसान चुकाने की भी थी।···इसी फिक्र के कारण उन्होंने एक दिन माँ को सूचना दी—

"चलो, चार-छह माह के लिए दिवाकर का तुक्का फिट करा देते हैं। बाद में साँप भी मारा जायेगा और अपनी लठिया भी बची रहेगी।"

यह सब सुनकर मुझे लगा कि कड़वे धुएँ का बवंडर जैसे घर की तमाम दीवारों को कटखना बना रहा है। और इसके पैंने दाँत सिर्फ जैसे मेरे भीतर गड़ गये थे !

बिलकुल साफ था कि दिवाकर के सामने एक रोटी के दो टुकड़े फेंक दिये जायेंगे, जिन्हें मुँह में दबाने पर उसे खदेड़ दिया जायेगा। टुकड़े डालने व खदेड़ने के अन्तराल में दिवाकर को गधों का बोझ भी ढोना होगा !

7

तीन दिन बाद दिवाकर गाँव से लौटा।

उसका एकदम सामना करने का जाने क्यों मुझमें साहस नहीं हुआ।

लगा, यदि वह मेरे सामने एकाएक आ पड़ा तो मेरी रुलाई फूट पड़ेगी !

मैं उसकी दृष्टि से बचकर उस दिन घर से बाहर निकल गया, ताकि अपने आपको सहज बना सकूँ।

काश, मैं फूट-फूटकर रो लेता ! मैं अपने भीतर एक धधकते लावे का अहसास करता, पर बाहर से मैं बेहद कमजोर था।

चलते-चलते मैंने अपने सिर को एक झटका दिया। नहीं, मैं इस तरह की बातों का बोझ क्यों ढोऊँ ! मन को राहत देने के लिए मैं आसपास की वस्तुओं को ध्यान से छूकर देखने लगा···उन वस्तुओं में वे-मतलब के ऊटपटाँग अर्थ खोजने लगा।

सड़क की दोनों ओर ऊँची-ऊँची इमारतें हैं···खम्भे हैं···उन पर लहराते तार हैं···दूकानें हैं···तरह-तरह के बोर्ड उन पर लटके हैं··· दीवारों पर रंग-बिरंगे पोस्टर हैं···सड़कों पर भीड़ है···भाग-दौड़ है··· आपाधापी है।

मैं दूकानों के बोर्ड पढ़ने लगा—'लाला घनश्यामदास मसाले

वाले'…'सूरजमल एण्ड संज' परचून की दूकान…बायीं ओर बनारसी जर्दे वाली पान की दूकान पर एक मरियल-सा पतला लड़का बैठा है… वह रहा विज्ञापन बीड़ी का, साथ में इनामी कूपन ! उधर दीवार पर लिखा है—'यहाँ मूतना मना है।' पर लोग वहीं मूतते हैं !…इधर के बड़े से मकान की दीवार पर हिदायत लिखी गयी है—'कृपया इस दीवार पर पोस्टर न चिपकायें'…और फिल्मों तथा कोचिंग क्लासों से लेकर मर्दाना ताकत की दवाइयों तक के पोस्टर इसी दीवार पर सजे हैं !…ताकत और शक्ति की रामवाण औषधि—दायीं तरफ की एक पुरानी दीवार पर बड़े-बड़े अक्षरों में लिखा है। जैसे, दीवार इस विज्ञापन के लिखे होने मात्र से स्वयं भी इतनी ताकतवर हो चुकी हो कि कभी नहीं ढहेगी।

सामने की दीवार बहुत छोटी है…घर का अधिकांश हिस्सा साफ नजर आ रहा था। इसके आँगन में नीम का एक पेड़ खड़ा था। पेड़ की एक टहनी से दीवार की खूँटी तक एक रस्सी बँधी थी। उस पर सूखे कपड़े टँगे थे।…

सहसा मेरे पैर थम गये। सूखे कपड़ों को उतारकर किसी ने गीले कपड़े रस्सी पर लटका दिये थे। मुझे उस क्षण लगा था इस रस्सी पर मुझे पानी में धो-रगड़ कर किसी ने फैला दिया है !…कड़ी धूप में सुखाने के लिए ! जैसे एक क्रम है, जो चलता रहेगा…सूख जाने पर मैं फिर धोया जाऊँगा…मला और रगड़ा जाऊँगा…निचोड़ा जाऊँगा… झटककर इस रस्सी पर कड़ी धूप में सुखाने के लिए फैला दिया जाऊँगा।

मैं फिर अपने बारे में सोचने लगा था। मैंने पुनः सिर को झटका दिया…पता नहीं क्यों हम थोड़ी भी देर को सुखी व शान्त नहीं हो सकते ! मैंने इधर-उधर देखा, पर सब जगह वही बासीपन…जड़ इमारतें…स्थिर दीवारें…जिन्दगी की भागदौड़ !

मैं नयापन देखना चाहता था।

सामने एक आदमी ने मुँह में दबी सिगरेट सुलगा ली तो मुझे लगा, दिवाकर का एक हिस्सा सुलगा दिया गया है और अब कुछ ही कशों के बाद इसके बचे टोंटे को रगड़कर बुझा और फेंक दिया जायेगा !·· उस आदमी के मुँह से निकले सिगरेट के धुँए से जैसे दिवाकर निकल रहा है···मैं उस धुएँ में खो गया था।

ऊबकर मैं वापस घर की ओर मुड़ गया। जाने क्यों बासी और वेजान चीजों में से बार-बार मैं या दिवाकर ही उभर रहे थे···थोड़ी देर के लिए भी मैं अपने आपको दिवाकर या अपने आपसे मुक्त नहीं कर पा रहा था।

लौटने पर रास्ते में ही दिवाकर से सामना हो गया।

मुझे देखते ही उसके चेहरे पर हरापन छा गया था। ताजगी-भरी दृष्टि से मुझे देखते हुए शिकायती स्वर में वह बोला, "तू इधर क्या कर रहा है ? मैं कब का आया पड़ा हूँ।"

मैं चुप रहना चाहते हुए भी कुछ जवाब देना ही चाहता था कि उसने अपना बायाँ हाथ मेरे कन्धे पर रखते हुए बड़े सन्तोष का अहसास करते हुए बताया, "मेरा भी काम हो गया है।"

यद्यपि मुझे भी प्रसन्नता थी कि उसे नौकरी मिल गयी, लेकिन मैं कोई उत्साह उस समय प्रकट नहीं कर पाया।

मैं उदास था। मुझे एकान्त चाहिए था। पर दिवाकर का सामीप्य भी मेरे लिए एक सुख ही था। मुझे लगता था कि दिवाकर मेरे लिए अपने आप में एक ऐसा एकान्त है, जिसमें थोड़ी देर के लिए भी यदि मैं खड़ा हो जाता तो मेरा हर क्षण जैसे अपने-आप उदास हो जाता··· मेरी इच्छा होती, मेरा तमाम जीवन इसी उदासी में डूब जाय।

कुछ दूर तक हम दोनों चुपचाप चलते रहे।

जब मेरे चेहरे पर शाम होती है तो दिवाकर उसे सिर्फ गहरा ही

करता है। कुछ देर के लिए सभी रोशनियाँ वह जान-बूझकर बुझा देता है। वह कहता, "जब आदमी खामोशी से सोचता है तो वह किसी सच की तलाश करता है···सच की तलाश में मैं बाधक नहीं बनता।'

मुझे भी कुछ क्षणों के लिए यह सब अच्छा ही लगता।···खामोशी के इस दौर में पता नहीं मैं किसी सच की तलाश करता था या फिर अपने भीतर सिर्फ गर्द-गुबार उठाता रहता था···पर इससे मुझे कुछ ही देर बाद शान्ति महसूस होने लगती थी।

कुछ देर बाद मैंने अनायास ही कहा, "मैं बहुत खुश हूँ चाचा।"

"हाँ-हाँ, मैं भी !" उसने दोहराया मात्र था।

मैंने चिढ़कर कहा, "इसमें खुशी की क्या बात है ?"

दिवाकर जोर से हँसा···ठहाकेदार हँसी।

"यह हँसी उड़ाने की बात है ?" मैं जैसे नाराजगी-भरे स्वर में बोला।

"नहीं रे बावले, यह तो हँसाने की बात है, उड़ाने की नहीं।" लापरवाही से दिवाकर ने कहा।

"चुटकुला है क्या यह ?" मैं जाने क्यों अस्वाभाविक और असहज होता जा रहा था।

"क्या खूब पकड़ है तेरी रे ! ··दार्शनिक हो गया तू आजकल।··· हमारा जीवन एक चुटकुला तो है ही भाई·· जो संघर्षों की अट्टहास से शुरू होता है और मौत की अट्टहास पर खत्म !"

मैं थोड़ा सामान्य हो गया तो मैंने चुटकी ली, "कहाँ से सीखीं ऐसी बातें ?"

"अच्छी लगीं न ?"

"सचमुच !"

"तो चल तुझे मिठाई खिला दूं ?"

"मिठाई का इस बात से···?"

"गहरा सम्बन्ध है।" दिवाकर ने मेरे शब्दों को लपककर पूरा करते हुए कहा।

मैं झुंझला उठा, "बेमतलब की बातें मत करो।"

"मैंने तो मतलब की बात की थी···सारी दुनिया मतलब की बात करती है। फिर मेरा मतलब भी हल हो गया है···तो आ।"

हम चाय की दूकान में जा घुसे।

चाय आने तक मैं उस तंग दूकान के भीतरी हिस्सों को यूँ ही टटोलने लगा।

कोठरी की बायीं दीवार से एक लकड़ी का पुराना फट्टा सटाकर मेज जैसी जगह बनायी गयी है। कोठरी की दीवारों पर धुएँ का रंग बल्ब की रोशनी में खोया-खोया-सा दीख पड़ता था। एक बेंच पड़ी थी, जिस पर हम बैठे थे और बेंच के पीछे की जगह में घी के खाली टिन··· कोयले का एक ढेर···आलू-गोभी वगैरह बिखरे पड़े थे।

"ले चाय पी···क्या इन्सपैक्शन कर रहा है भाई?" दिवाकर ने टोका।

फिर चाय का घूँट भरते हुए आगे बोला, "मिठाई पहली तनखा से ड्यू रही, क्यों? आज तो चाय ही मीठी है, इसे ही मिठाई मान।"

मैं चुपचाप चाय पीता रहा। चाय बहुत तेज थी, जो मेरे तनाव को हल्का कर रही थी।

चाय खत्म करते-करते दिवाकर ने पूछा, "यार, वो आदमी मुझे दिखाई नहीं दिया?"

"कौन-सा?"

"वही, जो 'चा' के वास्ते एक 'पिसा' माँगा करता है।"

मैं भी अनभिज्ञता प्रकट करते हुए चुपचाप चाय के घूँट भरता रहा। दिवाकर अक्सर उस भिखारी को चाय पिला देता था।

"ड्यूटी कब से ज्वायन करनी है?" मैंने अपने भीतर का माहौल

बदलने के प्रयास में पूछा।

"कल ही।" उत्तर में दिवाकर बोला, "हाँ रे, एक और बात, कल-वल को मुझे अपने लिए भी एक छोटी-मोटी कोठरी तलाश करनी है।"

"तीन-सौ रुपयों के वेतन से चाचा आप मकान भी ले लोगे? काफी जगह है तो हमारे यहाँ।"

"पड़ेगा भैया! भाई साहब का कहना है कि तुम्हारे यहाँ रहने से डिपार्टमेंट के लोग गलत सोचेंगे।"

"गलत क्या?"

"उल्टा-सीधा भाई!···यही कि इससे पैसा खाकर नौकरी दिलवायी है।"

मैं पिताजी की चालाकी भाँप गया। दिवाकर को सीधे यह कहने में शर्म महसूस हुई होगी कि अपना अलग जाकर रहो। यह बेहूदा बहाना मिला है उन्हें!···जैसे कि उन्होंने दिवाकर को निःस्वार्थ नौकरी दिलवा दी हो!

"तू क्यों उदास हो गया रे?···कि कभी मैं तुझसे दूर न हो जाऊँ?···तू तो भैया खारे सागर का मीठा जल है।"

मैंने सिर्फ दिवाकर की ओर एक नजर-भर डाली। '···घर के तमाम काम करना इस नौकरी की शर्त है···इन टुकड़ों के बदले, दिवाकर, तुझे सुबह-शाम पूँछ तो हिलानी ही पड़ेगी। और चूँकि इन टुकड़ों की खरीद के लिए तेरे पास पैसा नहीं है इसलिए तुझे एक दिन लात मारकर खदेड़ा भी जाना है!' मैंने मन ही मन कहा।

दिवाकर यह सब जान भी जाता तो सिर्फ ठहाका मारकर हँसता देर तक।

8

उस दिन दिवाकर अपनी नौकरी का पहला दिन दफ्तर में बिताकर शाम को जब घर लौटा तो वह मुस्कुरा जरूर रहा था लेकिन मेरे यह पूछने पर कि "कहो चाचा, कैसा रहा दिन ?" उसने जवाब दिया—

"तूने जाने वो कहानी सुनी है या नहीं, पर मेरी माँ मुझे ऐसी कहानियाँ सुनाया करती थी···कि क्या नाम···वो जिसमें रानी की एक दासी पहले रानी को देखकर रोती है फिर हँसती है ?"

जवाब में मैंने सिर इस तरह हिलाया जिसका मतलब न तो 'हाँ' था न 'ना' !

दिवाकर ने आगे कहा, "माँ की उस कहानी में दासी इसका कारण भी बताती थी। पर मेरी बालबुद्धि यह कभी नहीं समझ पाती थी कि रोते-रोते अचानक हँसी और हँसते-हँसते अचानक रुलाई कैसे आ जाती है।"

कहकर दिवाकर जोर से हँसने लगा।

मैं उसकी इस पहेली का कोई अर्थ नहीं निकाल पा रहा था।

मैंने कहा, "मेरी समझ से भी बाहर है।"

"आज वह बात मेरी समझ में आ गयी है। गिरधर देख···आज मेरी हालत उसी दासी की-सी है। तूने पूछा था न, कैसा रहा, सोई जवाब दे रहा हूँ—नौकरी मिलना बेहद खुशी की बात है, मैं कितना

खुश हूँ, कह नहीं सकता ! ···लेकिन क्लर्की···यह बात मुझे·भीतर-भीतर उदास किये रही···काश, मैं आगे पढ़-लिखकर कुछ ऊपर उठ पाता···!"

दिवाकर यह बात कहकर हँस तो पड़ा, लेकिन उसकी महत्वाकांक्षा को नियति ने किस क्रूरता से कुचला, यह उसके चेहरे पर अंकित था।

"चाचा, आप आगे पढ़ाई जारी रखो।" मैंने हौसला बढ़ाने के लिए कह तो दिया, लेकिन यह भला संभव कैसे था ! ···उसे नौकरी नहीं, टुकड़ा डाला गया था। फिर, तीन सौ रुपये में घर के खर्चे के साथ पढ़ाई मुश्किल ही थी।

"तू किस क्लास में है रे ?" दिवाकर ने मुझसे पूछा।

"बी० ए० कर चुका हूँ।"

"हरिहर ?"

"बी० एस० सी० में दाखिल हुआ है।"

"तू भी पढ़ाई मत छोड़ना···दाखिला लेगा ?"

"हूँ···शायद।"

"ठीक है। मैं भी बी० ए० का प्राइवेट फार्म भर देता हूँ। किताबें तेरी पड़ी ही होंगी ?"

मैं 'हाँ' 'हूँ' करता तो रहा, लेकिन भीतर-भीतर गल रहा था ! ···कब तक चला पायेगा यह ? जिन पंखों से दिवाकर उड़ान भरने की योजना बना रहा है, वे तो शीघ्र ही काट दिये जायेंगे। इन पंखों का मूल्य है, जिसे दिवाकर तो नहीं चुका पायेगा।

"क्यों ठीक रहेगा न ?" मुझे रुचि न लेता देख दिवाकर ने पूछा।

"ठीक रहेगा।" मैंने उत्साह दिखाते हुए कह दिया।

उसे लगा मैंने उस पर भरोसा नहीं किया, तो उसने मुझे आश्वस्त करते हुए कहा, "गिरधर, मैं मेहनत करूँगा···देख लेना।"

मेरे भीतर अचानक एक शक्ति-तरंग-सी आ समायी···दिवाकर

का यह स्वप्न मैं पूरा करके रहूँगा! मैं कुछ बर्दाश्त नहीं करूँगा, पिताजी के विरुद्ध उठ खड़ा होऊँगा!…मैं मंत्र की तरह बुदबुदाने लगा था।

"क्या बड़बड़ा रहे हो गिरधर?" दिवाकर ने मुझे हिलाकर पूछा।

"कुछ नहीं, आप चाचा इस बार फार्म जरूर भर देना…जो हो सकेगा, मैं करूँगा।" मैंने दृढ़ता से कहा।

उसी शाम को हम दोनों दिवाकर के लिए किराये के मकान की तलाश में निकल पड़े। जिस मकान की तलाश में हम निकले, वह मेरे मोहल्ले से ज्यादा दूर नहीं था।

पिताजी ने दिवाकर को साफ-साफ कह दिया था, "देख भैया, तू अपना आदमी है, वर्ना नौकरी के लिए तो अच्छे-अच्छे मारे फिरते हैं, इण्टर की क्वालीफिकेशन कोई मतलब नहीं रखती।"

दिवाकर ने कृतज्ञतावश आँखों से विनम्रता प्रकट की थी।

पिताजी ने बड़ी चालाकी से कहा था, "तू अपना आदमी है। वक्त-बेवक्त काम भी आ सकता है। इसलिए मकान जरा आस-पास ही लेना। देख, बुरा न मानना, भाई। घर-गृहस्थी में दस काम पड़ते हैं…मैं ज्यादातर बाहर रहता हूँ…बच्चे मेरे पढ़ाई में लग जाएँगे। तू इधर जरा खयाल रखेगा ये तो भरोसा है ही तेरे पे हमें।"

दिवाकर उनके मन्तव्य को समझता था। वह इस बात से दुःखी तो जरूर हुआ होगा, किन्तु अपने ऊपर किये गये इस उपकार का अपमान भी वह नहीं कर सकता था।…

किसी के बताये स्थान पर पहुँचे, तो देखा हम एक खंडहरनुमा पुराने मकान के सामने खड़े हैं!

दो जर्जर से बरामदे पार करके वह कोठरी हमें दिखायी गयी थी,

जिसे किराये पर दिवाकर को दिया जाना था। बरामदों की छतें एक-दम गायब थीं !···दीवारों से जगह-जगह चूना-सीमेंट की पपड़ियाँ उतरी पड़ी थीं। छोटी-छोटी जेबी-ईंटें दीवारों से बाहर झाँकती नजर आ रही थीं। बरामदों के कोनों में ईंटों व मिट्टी के ढेर पर घास उगी थी और एक बरामदे की आधी छत लटकी हुई थी ! कोने बड़े-बड़े जालों से अटे पड़े थे।

लेकिन कोठरी की हालत जरा ठीक-ठाक थी। कोठरी की इस हालत का अनुमान बाहर से नहीं लगाया जा सकता था। फर्श ईंटों का था। कोठरी की तीन दीवारों में एक-एक झरोखा इस ढंग से खुला था कि रोशनी सुबह से दिन-छिपे तक अंदर रहे। एक चारपाई भी पड़ी थी, जो काम आने लायक हालत में थी। एक अलमारी-नुमा जगह भी दीवार में बनी थी। चूना व सीमेंट दीवारों से जगह-जगह उखड़ रहा था।

किराया ?

मकान-मालिक ने किराये के नाम पर पहले उस खंडहर का इतिहास सुनाना प्रारम्भ कर दिया।

"साब बहादुर···कभी इस बंगले के भी दिन थे ! राजशाही ठाट थे इसके। दूर-दराज के जाने-अनजाने न जाने कितने शरीफ लोगों को इस बेचारी ने इज्जत बख्शी है ! अजी, अब क्या रखा है !···खूबसूरत औरत की तरह थी कभी, अब तो बुढ़िया गयी यह भी···तो साब कीमत घट गयी इसकी भी !"

दिवाकर ने एक बार उस 'बूढ़ी वेश्या' को और फिर एक बार उस 'दयनीय दलाल' को सरसरी दृष्टि से देखा।

मालिक-मकान ने बेझिझक कहा, "अभी दो माह पहले सवा-सौ महीना थी यह···पर आप जानो जी, हम भी गरीब आदमी हैं···सौ रुपया ही लेंगे आप से।"

"बात नहीं बनती," कहकर दिवाकर मुड़ लिया था। लेकिन वह

आदमी सँभला और मिन्नत करते हुए सौदा पटाने लगा, "अजी बाबूजी, सुनो तो।...आप किराया भी न देना, चलो। हम भी गरीब आदमी हैं, पर आप लोगों की दुआ से पेट भर ही लेते हैं..."

दिवाकर रुका। मुड़कर चुटकी लेते हुए उसने कहा, "चलो, ले लूँगा, पर एक शर्त है मेरी, बोलूँ ?"

"जी ?"

"मेरा कित्ते का बीमा कराओगे ?"

वह आदमी हो-हो करके हँसने लगा।

मुझे लगा, खंडहर हँस रहे हैं। मैं महसूस करने लगा कि मेरे सामने इस खंडहर के पेट में तीन प्रेत खड़े हैं—बूढ़ी कोठरी...बेचारा दलाल और यह दिवाकर !...

मेरे मुँह से निकला—"चाचा, चलो न यहाँ से।"

मैं व दिवाकर चल दिये।

मालिक ने अपना पत्ता फेंका।

"अच्छा आप ही कह दो, क्या देना है ?"

दिवाकर ने एक क्षण को रुककर कठोरता से कहा, "सौदेबाजी करना कमीनापन है, समझे कि नहीं ?...मैं इसके पचास रुपये से एक पाई ज्यादा नहीं दूँगा।'

उस आदमी ने जैसे हथियार डाल दिये और चाबी दिवाकर को थमा दी।

पचास रुपये में वह भूत बंगला !...उस खंडहर में क्या दम लिया जा सकता है ? लेकिन दिवाकर की विवशता थी।

वापस लौटते हुए दिवाकर ने सिर्फ इतना कहा, "रातें ही तो काटनी हैं, काफी है।"

और मैं कई रात ठीक से सो नहीं पाया था।

9

नौकरी के अतिरिक्त दिवाकर को हमारे घर की भी देखभाल करनी पड़ती थी।

मैं अक्सर दिवाकर के साथ रहता। यह बात मेरे घर में किसी को पसंद नहीं आयी। कुछ न कुछ मुझे जब-तब इसके विरुद्ध सुनने को मिलता ही था।

माँ कहती, "इस दिवाकर ने तो हमारे गिरधर को ही आवारा बना दिया। कभी यह घर से बाहर भी नहीं निकलता था, अब सुबह-शाम पागलों की तरह उसी के पीछे फिरता रहता है।"

हरिहर टिप्पणी करता, "गिरधर भैया तो चलो संगत में रह कर हो गये···पर मम्मी तुम लोगों ने इस बैल को क्यों अपने खूँटे बाँध रखा है ?"

माँ, बेटे को प्यार से फटकारती और कहती, "क्यों रे, तेरा या मेरे बाप का कौन-सा खेत चर लिया इस बैल ने ?"

हरिहर याद दिला कर अफसोस से कहता, "मम्मी, इस बैल ने दो-ढाई हजार रुपये तो पापा के चर ही लिये···तब भी तुम्हें संतोष नहीं।"

माँ बेटे को धैर्य से समझाती -"वे पैसे तो कहीं नहीं गये, बावले। चार-छह महीने इसे दुह लो। असल तो ज्यों का त्यों है।"

हरिहर मम्मी पर हँसता और कहता, "बैल दुहा जाता है कहीं मम्मी !"

मम्मी भी हँस पड़ती···जैसे किसी की हत्या करके मातम की बजाय जश्न मनाकर अपनी आत्मा को तुष्ट किया जा रहा हो !

मुझे लगने लगता कि ये प्रेत किसी लाश का रक्त पी-पीकर किसी श्मशान में डरावना अट्टहास कर रहे हैं।

पर मैं नहीं डरता।

डर के विपरीत मुझमें एक विद्रोह की शक्ति उगती चली आ रही थी। मैं प्रायः वैसा करता, जो उन्हें पसन्द न होता। वहाँ जाता, जहाँ मना किया जाता। वह बोलता, जो उन्हें अच्छा न लगता।

पर कई बार मैं स्वयं ही लड़खड़ाने लगता और मुझे आत्महीनता घेर लेती। जैसा कि उस समय हुआ था, जब दिवाकर को अलग किराये पर रहने के लिए कहने पर मैंने विरोध किया था। उस समय पिताजी के एक ही संक्षिप्त वाक्य ने मेरी तमाम शक्ति को धराशायी कर डाला था। पिताजी ने कहा था, "तू क्या समझे इन मामलों को ? तू अभी बच्चा है।"

तो क्या मेरी तमाम सोच सिर्फ एक 'बचपना' है ? इस भावना ने मुझे क्षीण-सा कर डाला था···काश पिताजी ने सोचा होता कि उनकी अपनी सोच, बातें और अहसास कितने जंगली और घिनौने हैं।

कई बार पिताजी उपदेश देते, "तुम अब ग्रेजुएट हो गये हो। दुनियादारी सीखो। सीधेपन से काम नहीं चलता। बचपना छोड़कर कुछ 'मैच्योरिटी' पैदा करो। व्यावहारिक बनो।"

इन बातों ने मुझमें हीन भावना की चट्टानों को और मजबूत कर दिया। मेरा विद्रोही मन इनसे टकरा-टकरा कर चोट खाता। पर मैं इन चट्टानों को तोड़ने की कोशिश में हरदम लगा रहता, जिसने घर में मेरी चुप्पी को गहरा कर दिया।

मैं सोचता - मेरे सोचने, जीने और अहसास करने का अपना ही ढंग है···मेरा अपना स्वतन्त्र अस्तित्व है···पृथक् व्यक्तित्व है···मैं जानता हूँ मुझे क्या करना चाहिए ?···क्यों करना चाहिए ?···कैसे करना चाहिए ? ऐसा तो नहीं कि मेरी सोच के दायरे में माँ की गोद और प्लास्टिक के खिलौनों से भिन्न कुछ भी नहीं। मेरी दृष्टि और अहसास का दायरा गिनतियों के आगे का भी हिसाब समझता-बूझता है और मैं एक, दो, तीन ही नहीं···दो दूनी चार और चार दूनी आठ भी अच्छी तरह समझता हूँ।

पर यह आँधी उस चट्टान की एक किरच भी न दरका पाती··· सिवा, इसके कि चट्टानें मेरा ही खून सोख लेतीं। वे और नुकीली और पथरीली हो जातीं !

अनचाहे मन से मैंने एम० ए० में प्रवेश ले लिया था।

और करता भी क्या ! वस्तुतः मेरी इच्छा घरेलू माहौल से दूर रह कर खुली साँस लेने की थी।

दिवाकर उन दिनों प्रायः पूछ बैठता, "पढ़ाई-लिखाई ठीक चल रही है तुम्हारी ?"

मैं कोई उत्तर न देता।

न दिवाकर को ही मेरे उत्तर देने या न देने में कोई चिलचस्पी होती।

न तो पढ़ने में मेरा मन था, न पढ़ाई के लिए मैंने प्रवेश लिया था। सफर के उबाऊपन को झेलने के लिए जैसे कोई हलकी-फुलकी स्तर वाली मैगजीन खरीदकर मैंने अपने सिरहाने इस आशय से रख ली थी कि जब भी मन हो, पन्ने पलटकर कुछ देर को उस ऊब को 'डिस्टर्ब' कर सकूँ।

मेरे लिए न सही, किन्तु मेरे घर वालों के लिए तो एम० ए० 'लेविल' का लड़का उस भरपूर पकी फसल की तरह था, जो उनके लिए भारी मुनाफे का सौदा था !

ऐसे ही दो सौदागरों के बीच एक दिन मैंने स्वयं को फँसा पाया।

पिताजी की सौदागरी आवाज मुझे सुनायी दी, "अजी बस हमारा बड़े वाला तो नेचर में गऊ है, एकदम गऊ ! लेकिन पढ़ाई-लिखाई में अव्वल···कभी फेल नहीं हुआ।"

लेकिन दूसरे पक्ष का असन्तुष्ट स्वर सुनाई पड़ा, "यह तो तारीफ की बात है, साब।···पर माफी चाहते हुए हमारा रिक्वेस्ट ये था कि हमें तो आपका छोटा लड़का चाहिए। हमारी बेटी के लिए तो वही सूटेबिल है।"

पिताजी असुविधा महसूस कर रहे थे, किन्तु थे प्रसन्न। बोले, "यू आर राइट···पर अभी तो छोटे वाला पढ़ ही रहा है और फिर पहले शादी तो बड़े वाले की ही होनी है।"

दूसरे स्वर ने समर्थन किया, "जी हाँ। हम दो साल वेट कर लेंगे। तब तक छोटे वाले की पढ़ाई भी पूरी हो जायेगी और बड़े वाले को भी आप निबटा लेंगे।"

पिताजी परेशानी में पड़ गये।

"दो साल···"

"अजी साब यूँ गये समझो !" उसने चुटकी बजाकर कहा, जैसे दो साल उसकी चुटकियों में फँसे थे और अब निकलकर बाहर आ पड़े हों।

माँ से सलाह-मशवरा करने के बहाने पिताजी उठे।

माँ दीवार से सटी दरवाजे के पीछे सारी बातें सुन रही थी।··· बाद में माँ ये सारी बातें हरिहर को सुनाती और हरिहर नासमझ बालक की तरह पहले सुनता, फिर तरह-तरह की फबतियों और मक्कार टिप्प-

णियों के साथ इन बातों का अपनी भाषा में अनुवाद करता··· कुल मिला कर माँ-बेटे का अपने ही स्तर का आनंद !

माँ को एक ओर ले जाकर पिताजी धीरे-धीरे बातें करने लगे।

मैं बराबर वाले कमरे में था और सब कुछ सुन पा रहा था···शायद उन्हें मेरे होने का न पता हो।

"हरिहर किधर है ?" पिताजी ने पूछा।

"कालिज में कोई फसाद हो गया है, वहीं गया हुआ है···" माँ ने जवाब दिया।

"छात्र-नेता जो ठहरा ! यह लड़का हमारा स्मार्ट और जीनियस निकला···यदि इसी तरह ये चलता रहा तो देख लेना, एक दिन मिनिस्टर बनेगा !" पिताजी ने भविष्यवाणी करते हुए कहा। फिर मेरा खयाल आया, "और गिरधर ?"

"पता नहीं," माँ ने लापरवाही से कहा, "होगा दिवाकर के पास कहीं।"

पिताजी को मेरे भविष्य की चिन्ता थी। बोले, "क्या बताऊँ, बस ! ··· ये गिरधर···बैल है एकदम बैल ! क्या करके खायेगा लाइफ में, भगवान जाने ! ···मुझे तो डर है, इसका ब्याह-ब्याह कैसे होगा।"

माँ चिन्तित हुई।

"क्यों, क्या ये लोग राजी नहीं ?"

"हैं। पर गिरधर के लिए नहीं। कहते हैं, हमें तो छोटे वाला चाहिए।"

"पर ब्याह तो पहले गिरधर का ही होना है।"

"मैंने समझाया तो है···असल में मैं हरिहर का पहले ही कर देता, पर एक तो अभी उसकी पढ़ाई पूरी नहीं, फिर डर यह भी है कि कहीं गिरधर हाथ से निकल न जाय।"

पिताजी की दुविधा को माँ ठीक से नहीं समझ पायी थी, बोली,

"हाथ से कैसे निकलेगा ?"

"अपनी मर्जी से शादी करके, और कैसे ?"

"लव-मैरिज कह रहे हो ?…उसके वश की है ?…वो तो वैसे ही सीधा है।"

"तुम नहीं जानतीं, वह किस तबियत का है।…वैसे ही अपनी मर्जी का है, फिर कल क्या कर डाले, क्या भरोसा ?"

पर माँ के मन में यह बात नहीं जमी।

पिताजी ने बात आगे सरकायी, "पर वे लोग तो हरिहर के लिए मुँह-माँगी रकम देने को तैयार हैं…मैं चाहता ये हूँ कि गिरधर को जितनी जल्दी भुना लें, ठीक रहेगा।"

मुझे उस दिन अपनी अहमियत का पता लगा था ! मैं तो कोरे चेक पर लिखी जाने वाली मुँह-माँगी रकम था, जिसे कभी भी भुनाया जा सके। मेरा कितना बड़ा मूल्य था…पर अपनी नजरों में कितना छोटा !…मैं लाखों की सम्पत्ति था, पर स्वयं अपने लिए सिर्फ मिट्टी !

मुझे लगा मैं जमीन में गढ़ा हुआ स्वर्ण-सिक्कों से भरा मिट्टी का मटका हूँ और भयंकर विषधर कुंडली मारे मुझे घेरे हुए बैठे हैं !

लगा कि मैं सचमुच एक बैल हूँ जो आज तक सिर्फ जोता गया।

हरिहर एक दिन जरूर मिनिस्टर बनेगा। उसने सीढ़ी चढ़ना शुरू कर दिया है।…हरिहर, वो सारे काम करा सकता है, जो उस सीढ़ी को मजबूती से पकड़ने में सहायक हो।

हरिहर धुआँधार भाषण दे सकता है…हड़ताल करा सकता है…दंगे करा सकता है…पुलिस पर पथराव कर सकता है…बसें फुँकवा सकता है।…ये ही तमाम बातें तो हैं जो आगे की सीढ़ी मजबूत करती हैं।…वह आज छात्र-नेता है, कल जन-नेता होगा और परसों राजनेता !…कौन उसके भाग्य पर संदेह कर सकता है भला ?…वह मिनिस्टर के अलावा कुछ और बन ही नहीं सकता।…

मैं अनियंत्रित भावनाओं में बहा चला जा रहा था। मुझे प्रतीत हो रहा था कि मेरे भीतर आग का एक गोला है, जिसे बिखर कर फैल जाने के लिए समूचा आकाश चाहिए था···लेकिन जो जगह उपलब्ध थी, वह इतनी तंग थी कि वहाँ सिर्फ धुआँ गाढ़ा होकर भर सकता था और मैं इस तीखे धुएँ को घूंट-घूंट कर भीतर घुटक रहा था। क्योंकि मैं बैल था···सिर्फ जोता जा सकता था! मिनिस्टरी-स्तर का कोई 'चांस' मेरे लिए नहीं था। मैं अपने नीचे सिर्फ गोबर का ढेर लगा रहा था, जो सड़कर सड़ाँध उठा रहा था!

पर मुझे विश्वास था कि सड़ाँध-भरे गोबर की खाद में जो बीज दबा हुआ है, वह बेहद जहरीला है।

10

उन दिनों मैं प्रात: स्नान करने के बाद नियमित रूप से मन्दिर जाता था।

लेकिन मैं स्वयं यह निर्णय कभी न कर पाया कि मैं आस्तिक हूँ या नास्तिक ? लगता, जैसे मेरे भीतर दो व्यक्ति मौजूद हैं···जब आस्तिक भाव से मन्दिर जाता तब नास्तिकता के तर्क दिमाग पर बोझ बनकर छा जाते और जब मन्दिर से लौटता तो आस्तिकता के तर्क मेरे नास्तिक तर्कों को लताड़ते होते।

मैंने निष्कर्ष निकाला; मेरा आस्तिक होना केवल संस्कारों की विवशता है। वस्तुत: हम सब नास्तिक होते हैं। केवल हमारी विवशताएँ, परिस्थितियाँ दु:ख और अभाव ही हमें संस्कारों से खींचकर आस्तिक होने को मजबूर कर देते हैं।

मैं सोचने लगता—'यह सब अंधविश्वास है। आत्मविश्वास की कमी है···मैं कभी मन्दिर नहीं जाऊँगा। मुझे अपने भीतर आत्मविश्वास पैदा करना होगा। कितने ही लोग हैं जो मन्दिर नहीं जाते, भगवान को नहीं मानते—उनका क्या बिगड़ता है ? हरिहर मन्दिर नहीं जाता, न भगवान में उसका विश्वास है··फिर भी वह तेज है, होशियार और चतुर है···उस पर कौन-सा पहाड़ टूट पड़ा। पिताजी आस्तिक हैं फिर भी वे इतने धूर्त हैं···चालाक और भ्रष्ट हैं।···

ईश्वर क्यों उन्हें सही रास्ता नहीं दिखाता, यदि वह है ? एक ही आदमी एक-साथ आस्तिक और दुष्ट कैसे है ? क्या ईश्वर सिर्फ चापलूसी चाहता है और धूर्त लोगों की मनोकामनाओं को पूरा करता रहता है ? क्या नास्तिक कहलाने वाले लोग शान्त व सुखी जीवन व्यतीत ही नहीं कर सकते ? इस पृथ्वी पर न जाने कितने ऐसे व्यक्ति हैं जो ईश्वर में आस्था न रखने के बावजूद ऊपर उठे हैं। फिर हम ईश्वर में आस्था क्यों प्रकट करते हैं ?

मुझे महसूस होने लगता कि मैं कितना रूढ़िवादी और पिछड़ा हुआ हूँ, लेकिन किसी दिन, यदि ऐसा सोचकर, मन्दिर न जाता तो मैं सारा दिन अशान्त रहता ! तर्कों में उलझा रहता । और मेरे संस्कार मुझे कोसने लगते।

दिवाकर एक दिन सुबह-सुबह रास्ते में मिल गया। बोला, "किधर ?"

"जरा मन्दिर तक।" मैंने संकोच के साथ बताया ।

"तू रोज मन्दिर जाता है रे।"

"जाता तो हूँ।'

'जाता तो हूँ ?···यह भी संकोच की बात है भला ? श्रद्धावश जाता है या टहलने ?"

मैं थोड़ा लज्जित हुआ । चुप रहा ।

दिवाकर बोला, "अच्छा, जाओ, हो आओ । फिर जरा घूमने-फिरने का मूड है।"

मैंने निवेदन किया, "चाचा, आप भी चलो।"

"कहाँ ? मन्दिर ?"

मैंने सिर हिलाकर 'हाँ' कही तो वह एकदम मासूमियत से बोला, "वहाँ क्या करूँगा ?"

"जो और लोग करते हैं।"

"मैं तो नहीं जानता, लोग क्या करते हैं वहाँ जाकर।"

"तो चलो न, आज यही देख लेना।" मैंने फिर आग्रह किया, वोला, "देखा मैंने सब है दिवाकर, पर समझ नहीं पाता··· लोग भगवान को मानकर ही मन्दिर जाते हैं। वहाँ पूजा-पाठ करते हैं। दूध, फल, पैसा चढ़ाते हैं। घंटे बजाते हैं। धूप और दीप जलाते हैं। पर किसलिए ?···अपनी इच्छाओं की पूर्ति के लिए ही न ? और इच्छाएँ भी कैसी—कोई धन माँगता है, कोई सफलता, कोई प्रेमिका की कामना करता है, कोई संतान की, किसी को कोई दुःख है, किसी को कोई चिन्ता—और इन सब कामनाओं को पूरा करवाने के लिए सारा तामझाम जोड़ते हैं वे—बिना इस पर विचार किये कि इन सबको पूरा करने के जो साधन व तरीके वे अपनाते हैं वे भले ही अनैतिक हों, अन्यायपूर्ण हों या छल, कपट व झूठ से जुड़े हों।"

दिवाकर की बातों में सच्चाई है यह जानते हुए भी मैंने प्रश्न किया, "तो फिर ईश्वर को मानना ही बेकार है ?"

"तो क्या ईश्वर को सिर्फ माँगने के लिए ही माना जाय ?" दिवाकर ने प्रति प्रश्न किया।

"मेरा खयाल है, चाचा, आप भी ईश्वर को मोक्ष और माया-मोह से मुक्ति का साधन ही मानते हैं ?"

"इन सब बातों का ज्ञान मुझे नहीं है, भाई। मैं इतना तो जरूर विचार करता हूँ कि ईश्वर एक भावना है···पवित्र व शक्तिमान भावना···उसके सामने हमें सिर्फ इतनी याचना करनी चाहिए कि हमें सद्बुद्धि दे। हमारे कर्मों और विचारों को सच व ईमान के रास्ते पर चलने की प्रेरणा दे। हमें झूठ, अन्याय और छल से मुकाबला करने की शक्ति दे। हममें आशा, आत्मविश्वास और परिश्रम की कभी भी कमी न होने दे।

मैंने उसके चुप होते ही व्यंग्य से कहा, "लो, आपने तो सारी प्रार्थना

यहीं खड़े-खड़े पूरी कर दी।"

दिवाकर हँसकर बोला, "तू क्या माँगने जाता है रे मन्दिर ?"

"यही कि मुझे भी चाचा जैसी बुद्धि प्राप्त हो जाय !" मैंने मुस्कुराते हुए कहा।

दिवाकर ठहाका लगाकर हँस पड़ा। फिर रुककर बोला, "चलो कहा—'तथास्तु'।"

"ओह ! तो जैसे इतनी शक्ति भी आपने हासिल कर रखी है।"

"और नहीं तो क्या ?"

"तो फिर चलो मन्दिर··· इस प्राप्त शक्ति के लिए ही धन्यवाद कर देना भगवान का।"

"मैं तो कभी मन्दिर नहीं जाता, दिवाकर। मुझे भगवान ने वो सब दे रखा है जो मैं उससे माँगकर पाने की आशा और विश्वास रखता हूँ। और धन्यवाद शब्द तो उसके अहसान को चुकता कर नहीं सकता। उसकी दी हुई शक्ति का सदुपयोग ही उसका धन्यवाद है।"

मैंने निर्द्वंद्व होकर उस दिन से मन्दिर जाना छोड़ दिया था।

मैंने अपने लिए दिवाकर के तर्क चुन लिये थे।···मन्दिर जाना केवल माँगने की इच्छा को बढ़ाता है। ये इच्छाएँ वासनाओं को और बढ़ाती हैं और माँगने की आदत कभी खत्म नहीं होती।···मैं मन ही मन दिवाकर की तरह अपने भीतर उन शक्तियों व प्रेरणाओं के होने की कामना करने लगा जो आत्मविश्वास और आशा से पूर्ण हों···झूठ, छल, अन्याय से मुझे टकराने की हिम्मत दें।

लेकिन एक दिन अचानक दिवाकर सवेरे-सवेरे आकर मुझे फिर विचलित कर गया।

मैं स्नान करके निबटा ही था कि दिवाकर आ पहुँचा।

कुछ परेशान लगता था। फिर भी मुस्कुराया और बोला, "मन्दिर चलेगा दिवाकर ?···चल, मैं भी चलता हूँ आज।"

मुझे आश्चर्य हुआ।

"चाचा···मन्दिर तो आप···" मैंने पूरी बात कही भी न थी कि उतावली में उसने कहा—

"कभी फिर समझाऊँगा···फिलहाल जल्दी कर।"

मैं अजीब उलझन में पड़ गया था। मैं यह भी बताने में संकोच महसूस कर रहा था कि मैंने मन्दिर जाना छोड़ ही दिया है।

मैं उसके साथ मन्दिर गया। दिवाकर दस-पन्द्रह मिनट तक न जाने क्या बुदबुदाता रहा। मैं तो सिर्फ इस उलझन में रहा कि दिवाकर की वे सारी शक्तियाँ कहीं चुक गयीं क्या, जो वह अपने अन्दर महसूस करता था ?···या दिवाकर के अपने ही तर्क आज खोखले हो गये हैं और वह भी भगवान से कुछ माँग रहा है ?···या फिर सचमुच भगवान का धन्यवाद करने ही दिवाकर आया है ?

किन्तु मैं दिवाकर से कुछ पूछ न सका।

11

दिवाकर अधिकतर चुप रहने लगा था। यह चुप्पी उसके चेहरे पर घुलती रहती थी।···हालाँकि यह अनुमान करना भी कठिन था कि वह मुस्कुराना याद रख पायेगा, लेकिन होता यह था कि किसी भी क्षण अचानक इन गम्भीर रेखाओं के बीच से ठहाके छूटने लगते !

उस दिन दिवाकर कुछ अधिक गम्भीर दीख पड़ता था उदासी की हद तक।

मैं घंटे-भर से उसके साथ टहल रहा था···पर वह कुछ भी बोला न था। न मेरी इच्छा हुई कि पूछूँ कि वह इतना चुप क्यों है ? मैं उसके पीछे किसी मालगाड़ी के डब्बे की तरह जुड़ा हुआ चला जा रहा था।···

धीरे-धीरे मैं बोरियत और झुंझलाहट से भरने लगा। आधी परेशानी मुझे यही थी कि चलो दिवाकर कुछ परेशान है, तो चुप है, लेकिन मेरा मूड तो ठीक होना चाहिए था; कम से कम उससे पूछ तो सकता था।

अचानक एक विचार ने मुझे कुछ बोलने का मौका दिया। मैंने प्रस्ताव रखा, "चलो चाचा, एक-एक प्याला चाय हो जाय ?"

"किस खुशी में ?" दिवाकर ने कुछ इस तरह सवाल किया, गोया मैंने उसे गाली दी हो। ऐसा व्यवहार मैं पहली बार महसूस कर रहा था।

मैंने धैर्य से काम लिया और उत्तर में कहा, "बस यों ही।"

दिवाकर ने कुछ झल्लाकर पूछा, "यों ही क्यों ?"

मैंने भी तीखे स्वर में जवाब दिया, "हमेशा नहीं पीते क्या ? आज कुछ नयी बात है ?"

दिवाकर धीमे-धीमे टहलता हुआ चल रहा था। मैं उसके बराबर अपने हाथ कमर पर बाँधे चला जा रहा था।

मेरी झुँझलाहट के जवाब में वह रुका, फिर मेरी ओर देखकर बोला, "नहीं, आज मूड नहीं है।"

उसके स्वर में पीड़ा थी।

"कोई खास बात ?" मैंने जानना चाहा।

पर वह चुप रह गया।

कुछ कदम चलकर वह फिर रुका। शायद वह निर्णय नहीं ले पा रहा था कि क्या करे।

कुछ देर बाद उसने मुझसे पूछा, "तेरा मन है ?"

"काहे का मन ?"

"चाय का ?"

"रहने दो !" मैंने बहुत खिन्न मन से जवाब दिया।

उस समय तक मेरा तमाम जायका बिगड़ गया था और मैं तुरन्त एकान्त चाहता था।

दिवाकर निकट के एक टी-स्टॉल में घुस गया। अनचाहे मैं भी स्वचालित-सा उसके साथ चला गया।

कुर्सी पर अपने को टिकाने के बाद मैंने पाया कि मैं अपने आप से उखड़ चुका था।

बोरियत दूर करने के लिहाज से मैंने मेज के नीचे से उसी तारीख का मुड़ा-तुड़ा और चाय में कई जगह से भींगा अखबार का एक पन्ना निकाला और उस पर निरर्थक दृष्टि दौड़ाने लगा।

हालाँकि उस दिन का वह अखबार मैं पहले ही पढ़ चुका था, पर जैसे तमाम खबरें ताजी प्रतीत हो रही थीं।···मुझे ताज्जुब था! संभवतः यह खबरों के बासीपन पर बोरियत की परिस्थितियों की विजय थी।···बोरियत को निगलने की अपेक्षा मैं बासी खबरें ज्यादा दिलचस्पी से निगल सकता था।

चाय आयी और अपनी-अपनी चाय हमने इस तरह चुपचाप सुड़कनी शुरू कर दी, जैसे हम दोनों को चाय नहीं, विष का प्याला पीना पड़ रहा हो!

सहसा दिवाकर ने चाय का खाली प्याला मेज पर रखते हुए पूछा—"तुझे पता है ?"

"काहे का ?"

वह खाली प्याले को अँगुलियों के सहारे घुमा रहा था। मेरी ओर देखकर बोला, "वह मर गया।"

"कौन!" मैं जरा भीतर से उछल पड़ा।

"वही, जो मेरे साथ रहता था।"

"वो भिखारी ?" मैंने धीरे से कहा।

उसी क्षण मुझे दिवाकर का पागलपन स्मरण हो आया।···

किराये पर कमरा लेने के कुछ दिनों बाद चाय के लिए एक पैसा माँगने वाले उस भिखारी को दिवाकर अपने कमरे पर रखकर सेवा-टहल करने लगा था।

मुझे दिवाकर के पागलपन पर बड़ी झुँझलाहट हुई।···उसकी नासमझी पर मैं हैरान था!

तीन सौ रुपये में वह क्या-क्या कर डालना चाह रहा था···अपना खर्च, इस बूढ़े आदमी की सेवा, गाँव में अपाहिज भाई को छोटी-मोटी

दुकान भी कराना चाहता था और अपने बाप का खर्च चलाना भी !

मैंने विरोध प्रकट करते हुए गुस्से में कहा, "चाचा रहने दो···ये सब आदर्शवादी बातें हैं। चादर देखकर ही पैर पसारने चाहिए आपको।"

दिवाकर मुस्कुराकर बोला, "आदर्श है पर खोखला नहीं, ठोस है। जरा बजाकर देखो भाई। कोई शंका है ?···मन नहीं मानता था तो किया है। कोई दिखावा है क्या ? चादर में अपने पैर सिकोड़ रखूँगा, तो क्या होगा ?"

"लेकिन आप व्यावहारिकता नहीं बरत रहे। ये अव्यावहारिक बातें हैं···किताबी।"

उसके चेहरे से मुस्कुराहट भाप बनकर उड़ गयी। उसके चेहरे की परतें जैसे कुछ बोझिल रेखाओं में दब गयीं।

उसने समझाकर कहने का प्रयास किया, "दिवाकर, जब मैं एक निम्नस्तर के शराबी और अय्याश आदमी को बाप समझकर ढो सकता हूँ जो सिर्फ इसलिए इस दया का हकदार है कि वह मेरी माँ का पति था···तब क्या एक निर्दोष, भाग्यहीन और लाचार बूढ़े आदमी का आदमीयत के नाते इतना भी हक नहीं कि वह दो जून मुझसे रोटी पा सके ?"

मैं क्या कहता !···सिर्फ इतना मेरे मुँह से निकला—"पर था तो वह आपका पिता ही···"

दिवाकर ने आगे कुछ कहने से पूर्व ही मुझसे सवाल किया, "किस अर्थ में ?"

मैं निरुत्तर था।

पिता मायने क्या है ?···मैंने स्वयं से प्रश्न किया लेकिन इसका कोई उत्तर मुझे नहीं मिला। हाँ, इतना जरूर अहसास कर पाया कि पिता के जो भी मायने होते हों, उस मायने में वह दिवाकर के लिए खरा नहीं उतरता।

दिवाकर का यह सौतेला बाप उसके परिवार के लिए एक दुर्घटना ही तो था।···यह दुर्घटना घटी तो थी उसके अपने सगे पिता की ही मजबूरियों के कारण, लेकिन परिणाम तो पूर्णतया दिवाकर को ही भुगतने पड़ रहे थे !

पहले माह की अपनी तनख्वाह लेकर दिवाकर उस दिन इतना खुश था, जैसे लाखों की जायदाद उसके हाथ आ गयी हो।···उसकी योजना थी कि गाँव में अपने छोटे अपाहिज भाई को वह आत्मनिर्भर बना दे। इसके लिए वह छोटी-मोटी दूकान का बन्दोबस्त करना चाहता था, ताकि इधर-उधर से माँगकर खाने की नारकीय यातना से उसका भाई मुक्ति पा सके। अपने सौतेले बाप से पैदा उसका यह भाई स्वाभिमानी प्रकृति का था···अपने जीवन से तंग आकर वह अपने को खत्म कर डालने का प्रयास कर चुका था। वह अपने बाप से सख्त नफरत करता था और उससे दूर रहता था।

दिवाकर ने उसे समझाया और उसे विश्वास दिलाया कि वह उसे आत्मनिर्भर बनाकर रहेगा।···

इसी संकट को लिये हुए वह हमारे घर उस दिन नौकरी की तलाश में आया था।···

पहली तनख्वाह लेकर दिवाकर इसी योजना के तहत गाँव चला गया था, ताकि सौ रुपये का थोड़ा-बहुत सामान भाई को दूकानदारी के लिए खरीदकर दे सके, ताकि उसका आत्मविश्वास जागे।

पर गाँव पहुँचने पर पता चला कि उसका पिता काफी बीमार है।

उसके मन में आया—मरने दो ! शराब और जुए में इसने कई जीवन बर्बाद किये हैं।

लेकिन बाप को सामने देखकर उसकी हालत पर तरस खाने से वह स्वयं को रोक न सका। भाई को समझा-बुझाकर दिलासा दिया। भाई ने दिवाकर की बात मान ली···अगले माह सही।

उसने कुछ रुपये भाई को खर्च के लिए दे दिए तथा शेष बाप को उसके इलाज व खर्चे-पानी के लिए।

लेकिन···अगले रोज सवेरे जब वह शहर लौटने वाला था, गाँव के एक आदमी ने उसे खबर दी कि उसने उसके बाप को रात ग्यारह-साढ़े ग्यारह बजे भट्ठी पर शराब पीते देखा है।

जब कुछ और लोगों से यह बात सुनी तो दिवाकर को गहरी चोट पहुँची।···वह इस सम्बन्ध में बिना एक शब्द भी भाई को बताये वापस शहर लौट आया था।

गाँव से लौटने पर मैंने उसके चेहरे पर तमाम जायदाद लुटने की पीड़ा देखी थी। उसने बड़े दुःख-भरे स्वर में बताया था, "दिवाकर, मैंने जान-बूझकर एक जेबकतरे को अपनी जेब काटने की इजाजत दे दी!"

'तब?···' मैं सोचने लगा -- 'किस अर्थ में कहे वह उसे 'पिता'!··· न खून के रिश्ते में···न धर्म के रिश्ते में···न ही इंसानियत के रिश्ते में!···'

फिर भी मुझे एक अज्ञात भिखारी की सेवा करना एक नासमझी-भरी भावुकता जैसी लगी थी!

मैंने सुझाव दिया—"इससे तो अच्छा था आप अपने अपाहिज भाई को साथ रखते।"

"वो नहीं आता न!···अपाहिज होने का अहसास उसे कचोटता है, दूसरों पर निर्भर रहने की विवश स्थिति उसके मन को दुखाती है। और यहाँ उतनी छोटी दूकान चल कैसे सकती है?"

मुझे लगा वह पीड़ा के रेतीले अन्धड़ों से जूझ रहा है।

थोड़ा रुककर उसने स्पष्ट किया, "और सुन, सच-सच बताऊँ—इस बाप का कमीनापन तुझे? जब यह छोटा भाई माँ के गर्भ में था, तो इसने माँ को लात-घूँसों से पीटा था···शराब के लिए पैसों की खातिर!··· और इसीलिए चोट पड़ जाने से यह बेचारा बचपन से अपाहिज है।···

जी तो चाहता है ऐसे बाप का गला मैं ही दबा दूं !"

कहते-कहते दिवाकर का चेहरा भयानक हो गया था जैसे उसके बाप का गला सचमुच उसकी मुट्ठियों में था और वह उन्हें कसकर उसी दम बाप को खत्म कर डालेगा !

फिर यकायक दिवाकर को अपनी उस वक्त की वास्तविकता का भान हुआ तो वह सहज-सामान्य होकर मुस्कुरा उठा।

बोला, "अरे छोड़ भी गिरधर···जिन्दगी में तो यह सब देखने-भुगतने को मिलता ही रहता है।···कुछ ऐसा होता है जिसे हम जान नहीं पाते कि वैसा क्यों व कैसे हो रहा है···और कभी-कभी कुछ ऐसा भी होता है, जिसे हम जान लेते हैं और उस जानकारी से जिन्दगी के शेष हिस्से को और दुखद बना लेते हैं।···इस वास्तविकता को इस समय मैं यहीं भूलता हूँ, यह ले।"

कहकर वह जोर के ठहाके लगाकर हँसने लगा।

मैंने स्वयं को भी उसी ठहाके वाले मूड में ढालने का प्रयास किया।

दिवाकर की पिछली व वर्तमान जिन्दगी मेरे समक्ष थी।···इसने मेरे भीतर एक पीली आँधी ठहरा दी थी !

दिवाकर का स्वर सुनायी पड़ा, "चल तू यह मान ले यार, मैंने अपना ही अकेलापन तोड़ने की गरज से उस बूढ़े आदमी को अपना पार्टनर बना लिया है।"—कहकर वह हँसने लगा।

मैंने उसके साथ हँसकर सहज ही कह दिया, "अकेलापन तोड़ने को भी भिखारी ही हाथ लगा था आपके ?"

दिवाकर का स्वर एकाएक बदल गया।

बोला, "भिखारी ?···यह अपमानजनक शब्द है। एक आदमी की लाचारी और दयनीयता को यह हमारा ही दिया हुआ शब्द है।···यह बूढ़ा-अन्धा आदमी भीख नहीं माँगता, हमारी वास्तविक स्थिति पर एक तमाचा मारता है।···यह जो कुछ माँगता है, जरूरत के मुताबिक,

विनम्रता से, सच्चाई और निष्कपटता से माँगता है। पर बाकी लोगों को नहीं देखा माँगते हुए ?···जो शिष्टता का आवरण लपेटे बेहूदगी और अशिष्टता से माँगते हैं, भरे-पेट माँगते हैं, अपने-अपने अहम् को तुष्ट करने और बेहूदी आकांक्षाओं को पूरा करने के लिए गाली-गलौज देकर माँगते हैं···रोटी नहीं, पैसा माँगते हैं···पैसा मिल जाता है तो आदमी का खून माँगते हैं···उसका हाड़-मांस सब चाहिए उन्हें !···माँगने से जब नहीं मिलता तो छीनकर ले लेते हैं···छीनकर नहीं मिलता, तो गला घोंटकर हासिल करते हैं !···यह आदमी, जिसे तुम भिखारी कहते हो, कम से कम इतना क्रूर और इतना अशिष्ट तो है नहीं कि छीने या गला घोंटे।···यह तो अपना हक माँगता है।···तो भाई बोलो कौन नहीं है भिखारी···कौन माँगता नहीं है ?"

दिवाकर बहुत उत्तेजित हो उठा था।

मैं निरुत्तर बैठा रहा।

यह एक कड़वा सच था।

मुझे अपने बाप का स्मरण हो आया, जिसके माँगने की हर तस्वीर मेरे सामने मौजूद थी। मुझे लग रहा था, मेरे बाप के तन पर जैसे फटे चीथड़े लिपटे हुए हों···गन्दे और बदबूदार !···फिर लगा, जैसे उसके दो नहीं, अनेकों हाथ उग आये हों और प्रत्येक हाथ में भिक्षापात्र लिये मेरा बाप भीख माँग रहा हो···!

"गिरधर···?"

दिवाकर ने मुझे सचेत किया तो हड़बड़ा-सा उठा मैं।

अभी तक हम दोनों चाय की दूकान में बैठे थे।

"देर से देख रहा हूँ, कहीं खोये हो ?" दिवाकर ने पूछा। पर मैं हड़बड़ाकर यह महसूस कर रहा था, जैसे दिवाकर ने मेरे बाप की वह

िनौनी, माँगने-वाली तस्वीर देख ली हो और मुझ पर दयनीय दृष्टि डाले मुस्कुरा रहा हो !

मेरी अँगुली चाय के खाली प्याले की घुंडी में मेरी सोच के साथ-साथ फँसी हुई थी। दिवाकर के पुकारने पर घबराकर मैंने खाली प्याला चाय का घूंट भरने के लिए मुँह से लगा लिया था। इस पर दिवाकर खूब हँसा।

फिर उसने पूछा, "और मन है चाय का ?"

लज्जित होता हुआ मैं बोला, "ना···ना···चलें ?"

बाहर आकर हम घर की ओर लौटने लगे।

दिवाकर ने चलते-चलते पूछा, "जानता है रे, उस रोज मैं मन्दिर क्यों गया था ?"

मैंने उत्सुकता प्रकट की।

उसने बताया, "इस बेचारे असहाय आदमी के कारण ही तो ! ··· वह बीमार पड़ गया था और सड़क पर पड़ा तड़प रहा था। मुझे लगा मेरा बाप जो कर्जे के बोझ से दबकर मर चुका था, इस आदमी के रूप में यहाँ आ बैठा है···तभी मैं उसे अपने कमरे पर ले आया।···उसी ने मुझसे विनती और आग्रह किया कि वो मरना नहीं चाहता अभी··· उसको यह आशा थी कि उसके जीवन में सुख के क्षण फिर से आयेंगे ! उसे पूरा विश्वास था कि जब मेरे जैसे आदमी के रूप में भगवान ने उसकी मदद के लिए किसी को भेजा है तो निश्चय ही उसकी प्रार्थना से उसे जीवनदान भी मिलेगा ही।···गिरधर, उसे अपनी मौत का आभास हो चला था और अपनी उम्र के कुछ और दिन माँगने को उसने पूर्ण विश्वास से मुझे मन्दिर भेजा था। उसी के विश्वास की रक्षा के लिए मैं मन्दिर गया था !"

"पर भिखारी को जीवन-दान न मिल सका···।" मैं पीड़ा से बुदबुदाया।

दिवाकर दार्शनिक भावावेश में कहता जा रहा था, "यह बूढ़ा कितना बड़ा सच है···हम लोग भी सुख की चाह में लम्बी से लम्बी उम्र जीना चाहते हैं···मरते-मरते भी हम सुख, का एक क्षण पाने को तरसते रहते हैं और उस अज्ञात···समझ से बाहर और अजनबी सुख के लिए जीवन भर भागते-दौड़ते, याचना करते एक दिन मौत से जा टकराते हैं !"

मुझे न जाने क्यों, उस दिन से ईश्वर पर अनास्था होने लगी थी।

12

'गिरधर !"

मैंने चौंककर देखा, माँ थी। माँ बोली, "तेरा वो है ना दिवाकर, जरा उसे बुलाकर ला। कहना, फौरन चल···कुछ काम है।"

दिवाकर को जब भी किसी काम से भेजना होता था, इसी तरह बुलवा लिया जाता था। वैसे तो प्राय: वह आता-जाता ही रहता था।

मैं चल दिया। लेकिन बाहर निकलते न निकलते पिताजी का एक वाक्य मेरे भीतर आ घुसा, 'ये दिवाकर का बच्चा भी कम्बख्त गले की हड्डी बन गया है।'

यह बात माँ से कही गयी थी, पर सुन मैंने भी ली। माँ उस वक्त किसी पड़ोसन के साथ खड़ी बातें घिस रही थी।

अब तक तो दिवाकर मुफ्त का बढ़िया कबाब था···पर आज अचानक कैसे हड्डी बनकर अटक गया ?···मैं उलझ गया। लेकिन मुझे कुछ ओर-छोर न मिला।

दिवाकर रास्ते में ही मुझे मिल गया। वह इधर ही आ रहा था। वह तर मूड में लगता था।

मुझे देखते ही उसने खुशी प्रकट करते हुए कहा, "ले, तू मिल गया। तू मेरा सच्चा दोस्त है !"

"चापलूसी क्यों, चाचा ?" मैंने भी चुटकी ली।

वह बोला, "मैं तुझे याद करता आ रहा था···सुनेगा ?"

"क्या ?"

"सुनने के लिए इस दुनिया में दो ही बातें हो सकती हैं—शोक समाचार या खुशखबरी।" दिवाकर ने कहा और मेरा एक हाथ अपने हाथ में पकड़ते हुए बोला, "आ चल।"

"माँ ने आपको बुलवाया है !"

दिवाकर ने कुछ नहीं पूछा और मेरे साथ चल पड़ा।

चलते-चलते मैंने बात छेड़ दी, "चाचा, अभी जो आप कह रहे थे कि सुनने के लिए सिर्फ दो बातें ही दुनिया में हैं, वह आपकी जनरल नॉलिज की कमी बताती है।"

दिवाकर मेरे मजाक को समझते हुए बोला, "हो सकता है···तू ठहरा सुपर जीनियस !"

मैंने अपनी बात को स्पष्ट करते हुए आगे कहा, "शोक समाचार या खुशखबरी तो इस संसार में बिरली घटनाएँ हैं···दुनिया में जो अक्सर सुनने को मिलता है वो है—निन्दा और गालियाँ···भाषण और नारे !"

सुनते ही दिवाकर ने ठहाका लगाया और मेरी कमर पर जोर से हथेली पटक दी।

"अब सुनाओ," मैंने कहा।

"खुशखबरी ?"

"वो तो आपका मूड ही बता रहा है।"

"मेरी नौकरी अब टैम्परेरी नहीं रहेगी···मुझे एक सोर्स हाथ लग गयी है।"

"सच्च ?"

"झूठ-सच तू जाने !···अपना जो साहब है, बड़े वाला साहब··· अभी नया-नया ही आया है ऑफिस में ट्रांसफर होकर। वैसे तो मेरे जैसे

मामूली कर्मचारी से उसका क्या सम्पर्क, क्या लेना-देना···भर भाग्य जब प्रबल होता है तब घटनाएँ अपने आप घटती चली जाती हैं···"

कहकर दिवाकर चुप हो गया, जैसे वह उस घटना को सुनाने के लिए उसका एक छोर ढूँढ़ रहा हो।

फिर अपने सिर को जरा-सा झटका देकर उसने कहना प्रारम्भ किया, "खैर घटनाएँ जो घटीं सो···मतलब यह है कि अभी मैं टैम्परेरी भर्ती कर लिया गया हूँ और इस जगह को भरने के लिए ऊपर से विज्ञापन वगैरह निकलेगा, इण्टरव्यू होगा···तब मुझे हटना पड़ जाता, लेकिन साहब चूँकि मेहरबान हैं···कहते हैं, 'तू आवेदन कर देना···इण्टरव्यू कमेटी में मेरा परिचित चेयरमैन बैठेगा, तेरी सिफारिश मैं करूँगा···' अब देखो—अफसर ठहरा, करे न करे···पर उम्मीद तो पक्की है।"

मुझे पूरी बात सुनकर एक सुखदायी सन्तोष हुआ।···मन ही मन मैंने पिताजी को मुँह चिढ़ा दिया। 'अब करो अपने हाथ तर दिवाकर को हटाकर। जिस गड्ढे में दिवाकर को धकेलना था, खुद गिरो! मुझे लगने लगा, ईश्वर है जरूर···वह न्याय करता है देर-सवेर।'

"कैसी रही?" दिवाकर ने पूछा।

मैंने कहा, "ठीक है चाचा···पक्के नौकर हो जाओगे। पर कमाल है एक अफसर को पटा कैसे लिया!···वह तो खैर आप बताओगे नहीं। लेन-देन का मामला गुप्त ही रखना चाहिए।"

मैंने मजाक में बनावटी शक दिखाया था, पर दिवाकर को चुभ गयी।

"तुझे शक है रे मेरे पर?···कहाँ से दूँगा भला पैसा? क्या है मेरे पास? एक-दो रुपया तो कहीं चलता नहीं जो पैसे की सोर्स लगा सकूँ मैं।"

"बुरा मान गये?···मैं मजाक कर रहा था।" मैं रुआँसे स्वर में स्पष्ट करने लगा।

दिवाकर ने सख्ती से कहा, "खबरदार, जो आइन्दा बड़ों से मजाक किया ।"

और ठठाकर जोरों से हँसने लगा ।

जाने क्यों मैं हँसने के बजाय खिसिया गया ।

फिर हँसना बन्द कर पहले जैसा गम्भीर होकर कहने लगा, "कल मेरे गाँव का एक आदमी शहर में मिला था ।"

मैंने कहा, "सब ठीक है ?"

"वो कम्बख्त पीते-पीते लुढ़क गया !"

"कौन ?"

"मेरा सौतेला बाप, और कौन···चल बसा बेचारा !"

"अच्छा हुआ !" मेरे मुँह से अनायास ही निकल गया ।

पर मुझे लगा कि मुझे ऐसा कहना नहीं चाहिए था । क्या पता, दिवाकर को अच्छा न लगे ।···पहले मैं सोचा करता था कि उसके मरने पर दिवाकर सुख की साँस लेगा । पर मेरा अनुमान ठीक नहीं निकला । हालांकि दिवाकर के चेहरे पर दुःख का कोई भी चिह्न नहीं था; पर वह तटस्थ था ।

मैं उस समय यह निर्णय नहीं कर पा रहा था कि इस शोक समाचार पर अब मैं शोक प्रकट करूँ···चुप रह जाऊँ···सन्तोष प्रकट करूँ··· या अपने शब्दों को वापस लेते हुए क्षमायाचना···

इसी अधर में लटका मैं दिवाकर के साथ घर आ पहुँचा ।

माँ अभी भी पड़ौसन से बतिया रही थी ।

दिवाकर पर नजर डालकर माँ बातों में लगी रही । लेकिन पिताजी कमरे से निकलते हुए बोले, "आ भाई दिवाकर, बैठ···काम ठीक चल रहा है ?"

पिताजी का यह मूड दुर्लभ था···आज सुलभ होता देखा मुझे सुखद आश्चर्य हुआ।

पिताजी के प्रत्युत्तर में दिवाकर 'सब कृपा है' कह कर एक कुर्सी पर बैठ गया और उनके आदेश की प्रतीक्षा करने लगा।

मैं इस ऊहापोह में खड़ा रह गया कि यहाँ से हटूँ या बैठ जाऊँ··· क्योंकि पिताजी की उपस्थिति में अपना अस्तित्व मुझे कठघरे में खड़े निर्दोष मुजरिम-जैसा लगता था और पिताजी लगते थे गीता पर शपथ-पूर्वक रखे नितान्त झूठे हाथ ! ···शायद उन्हें भी मेरी उपस्थिति रुचि-कर नहीं लगती थी, मुझे दिवाकर का जासूस समझा जाता था।

ऐसी स्थिति में मैं सिर्फ वहाँ से हट जाने का निर्णय ही ले सकता था। किन्तु मुझे दिवाकर के 'कबाब में हड्डी' होने वाली उनकी बात याद आ गयी और मैं उसे जानने की गरज से वहीं दूसरी तरफ बैठकर एक मैगजीन के पन्ने उलटने-पलटने लगा।

पिताजी शायद स्नान करके आ गये थे। गीले बालों में कंघा निकालते हुए उन्होंने दिवाकर से परामर्श के स्वर में कहा, "अभी एड-वर्टाइजमेंट निकलने वाला है···कुछ वैकैन्सीज निकलेंगी, फार्म भर देना।"

"भर दूँगा।" दिवाकर ने संक्षिप्त उत्तर दिया।

"साहब से कोई बात हुई क्या तेरी ?"

"जी, कैसी ?"

"नौकरी वगैरह की।"

"जी।" दिवाकर ने हामी भरी।

"क्या ?" कंघे में भरा पानी झटकते हुए पिताजी ने पूर्ववत स्वर में पूछा।

"कहते हैं कि उनकी कोई सोर्स है और वे मेरे सेलेक्शन के लिए कोशिश करेंगे।"

पिताजी ने होंठ सिकोड़ते हुए लम्बी 'हूँ' भरी। कुछ विचारते हुए वे गर्दन इस तरह हिलाने लगे जैसे उनकी गर्दन में कोई स्प्रिंग फिट हो और गर्दन उस पर रखी स्वयमेव हिल रही हो।

मुझे महसूस हुआ जैसे शिकार करने से पहले वे शिकार के साथ खिलन्दरी कर रहे हों ?

कुछ क्षण बाद ही उनकी गर्दन की स्प्रिंग सख्त हो गयी और लगा जैसे खेल-खेल में वे अपने शिकार पर पंजा झाड़ने लगे थे, "कोशिश करेगा वो ?···कोशिश-भर करने से काम नहीं बनता, बच्चू···बात को समझ···दुनिया की जरा पहचान करना सीख। जिन्दगी के दर पर भाग्य ने दस्तक दी है तेरे···बैठे-बिठाले तुझे सोर्स मिली है तो खो मत दीजौ भाई !"

दिवाकर उनकी बात की तह तक नहीं पहुँच पा रहा था और किसी पहेली की तरह मनोयोगपूर्वक सुन रहा था।

पिताजी अभी भी उलझा ही रहे थे जैसे मकड़ी अपने जाले में शिकार को उलझाती है।

बैठते हुए बोले, "तू अभी नातजुर्बेकार है, नासमझ है। जमाना चलता है टेढ़ी चाल और सीधी चाल चलने वाले की टाँग में अपनी टंगड़ी अड़ाकर उसे जमीन भी चटा देता है। तो मेरे भैया, कदम से कदम मिलाकर चलना पड़ता है तभी आगे बढ़ पाना हो सकता है···और ऐसे मौके खो देना अव्वल दर्जे का ढोरपना है···नहीं ?"

कह कर पिताजी ने ताजा अखबार बेवजह उठाकर अपनी टाँगों पर रख लिया और जमाने की तथाकथित 'टेढ़ी-चाल' की पहेली का अता-पता समझाने लगे।

"दुनिया जिस पहिये पर घूम रही है उसका नाम है पैसा।···नहीं? अच्छी समझ या बुरी, पर पैसा एक 'बला' है; और इस 'बला' से किसी की मुक्ति नहीं···तू यह भ्रम मत पाल लीजौ कि साहब फ्री में तेरा

एपाइंटमैंट लैटर लाकर तेरे हाथ में धर देगा।…इस महकमे की रग हम पहचानते हैं…तू तो अभी दुधमुँहा है, बच्चे !"

एक क्षण को पिताजी मुस्कुराये।

फिर मुस्कुराहट का छल उनके स्वर में उभरने लगा, "जब तक साहब की नजर कुछ पुष्पम्-पत्रम् नहीं करेगा तब तक बेकार का भ्रम मत रखना। सोर्स के लिए, मेरी सलाह ठीक माने तो साहब के हाथ जरूर चुपड़ देना…वो भी जित्ती जल्दी हो सके, नहीं तो…"

दिवाकर ने बात के इस जटिल मोड़ तक पहुँचने का अनुमान भी नहीं किया होगा।

पिताजी की बातों से वह हतप्रभ रह गया। जैसे उनकी बातों में किसी गलती का सुधार करते हुए उसने स्पष्टीकरण देना चाहा, "नहीं-नहीं…ऐसी बदनीयत वाला आदमी नहीं है वो…उसके बारे में सुना है बेहद ईमानदार और इस मामले में सख्त आदमी है।"

"दिवाकर, तुझे इस महकमे में आये दिन ही कित्ते हुए हैं? तुझे नहीं ना पता; हमसे पूछ, इसकी नब्ज हम जानते हैं। तेरे भले की कहता हूँ, क्योंकि तू है अभी सीधा…जमाने को तैंने देखा नहीं।"

कहकर पिताजी एक पल को चुप होकर कान में अँगुली डालकर हिलाने लगे। शायद नहाते वक्त पानी भर गया था।

दिवाकर लगातार फर्श की ओर देख रहा था।…और मैं लगातार पत्रिका के पन्ने पर इतनी तन्मयता से नजरें गड़ाये उसे पढ़ने का भ्रम पैदा कर रहा था, मानो मुझे अपने आस-पास का कोई खयाल ही न हो।

पिताजी ने अब तक की अपनी बातों का खुलासा करते हुए समझाया, "मुँह से माँगता है कोई ?…सब इशारों में चलता है।…ईमानदारी किस पंछी का नाम है इस युग में ? प्रगतिशील जमाने में यह आदिम पिछड़ापन है। कोई क्यों इसे पहनेगा ?…इशारा समझ इशारा

···अफसर का संकेत पकड़, वही समझा रहा हूँ।"

दिवाकर जड़ हुआ बैठा रहा।

पिताजी को पूरा भरोसा था कि दिवाकर उनके अनुभवों का पाठ अच्छी तरह समझने की कोशिश कर रहा है।

उन्होंने अगला पृष्ठ पलटकर पढ़ाना शुरू कर दिया, "पता है इन पदों के पीछे आठ-आठ, दस-दस हजार की रिश्वतें चलती हैं। अभी तो वो तुझे थोड़ा ओब्लाइज कर रहा है, क्योंकि तूने एक फर्म के गलत बिल को पकड़ लिया···अफसर तेरी ईमानदारी से खुश हो गया कि तूने पैसे की लालच में भी वह बिल पास नहीं किया···पर ऐसा मामला भैया, कभी तुझे ही नुकसान न कर दे। यह कच्चापन बहुत घातक सिद्ध होता है। पता है कित्ती बड़ी है वो फर्म···असरदार आदमी का बिजनस है वो। ···खैर, मैं भी क्या बताने लगा···हाँ, तो मैं कह रहा था कि हो सकता है कोई और साहब के हाथ तरबतर कर जाय और तू मौका खोकर फिर अपने भाग को कोसता रह जाय।"

मुझे लगा, दिवाकर की भवें तन गयी हैं। ··जैसे बिना किसी बीमारी के उसे जबर्दस्ती कड़वी दवा पीने को बाध्य किया जा रहा था।

मुझे धीरे-धीरे यह महसूस होने लगा कि ये तमाम बातें हैं तो दिवाकर के हित की हैं।···पिताजी का इसमें क्या स्वार्थ हो सकता है?··· मैंने विचारा तो लगा कि शायद इस बहाने पिताजी कहीं दिवाकर से स्वयं ही पैसा ऐंठने की भूमिका तो नहीं बाँध रहे? हो सकता है उनका ख्याल हो कि इस तरह दिवाकर के मन में डर बैठाकर अफसर को पैसा पहुँचाने के बहाने स्वयं अपना हाथ भी चुपड़ लें।

पर पिताजी के अगले शब्दों ने यह भ्रम तोड़ दिया।

वे दिवाकर को दिलासा और आश्वासन देते हुए बोले, "मैं जानता हूँ तेरे लिए आर्थिक प्रॉब्लम है···दो काम तेरे मैं कर सकता हूँ; एक तो हजार-दो हजार में तेरा काम हो जाय। दूसरे इतना पैसा मैं तुझे

उधार दे दूंगा।···तेरा काम होना चाहिए।"

इतना कहकर उन्होंने एक गहरी साँस ली जैसे समझाते-समझाते थक गये हों।

मैं पिताजी की इस भावना पर गद्गद हो उठा। पहली बार महसूस हुआ कि पिताजी गीता पर रखे हुए पवित्र हाथ हैं। मुझे स्वयं पर ग्लानि होने लगी कि मैंने पिताजी को अब तक क्यों नहीं पहचाना!

इतनी देर बाद दिवाकर ने कठोर स्वर में अपना मौन तोड़ा—

"जी, यह काम मैं नहीं कर पाऊँगा! वो एक ईमानदार और बढ़िया आदमी है, मैं जानता हूँ। सारी दुनिया एक-सी नहीं···थोड़ा बहुत इस दुनिया में लीक से हटकर अभी भी बचा हुआ है, जो गंदगी से दूर है।"

पिताजी को इस उत्तर की आशा नहीं थी। ऐसी तीखी प्रतिक्रिया से वे उत्तेजित हो उठे और स्वयं को संभाल न सके। रोषपूर्ण स्वर में बोले, "अरे जा···! बहुत देखे हैं शराफत में रहने वाले हमने! आदर्शों से मिलता क्या है? सब ढोंग है। पर्दा है। पर्दे के पीछे कुछ और ही है जिसे तेरे जैसा इम्मैच्योर्ड और नातजर्बेकार ठोकरें खा लेने के बाद बहुत देर से देख पाता है।"

गुस्से के मारे पिताजी हाथ फेंक-फेंककर बोल रहे थे। वे स्थिर नहीं थे और बेचैनी में उनका पूरा शरीर जैसे हिचकोले ले रहा था।

दिवाकर ने संयमपूर्ण रोष का परिचय दिया, "उस पर्दे के पीछे झाँककर उसी तरह मैं खुद को तो गन्दा बनाने से रहा। अगर यही गन्दगी मैच्योरिटी और तजुर्बा है तो मैं, न तो उसका पर्दा बनकर लटकने वाला हूँ न उस पर्दे के पीछे जाकर उसमें शामिल होने वाला हूँ···आदर्शों की ही संचित निधि से मानवता जिन्दा है···पैसा तो भीख माँग कर भिखारी भी इकट्ठा कर लेता है।"

पिताजी बहुत अधिक खीझ उठे और अखबार को मेज पर पटककर उत्तेजना में खड़े होते हुए बोले, "छोड़ यार लैक्चरबाजी!···तेरे भले

की ही समझायी थी···अब तू जाने तेरा काम जाने।"

दिवाकर भी क्षमायाचना करते हुए उठ खड़ा हुआ, "मैं इस तरह आपका सामना करने की अपनी अशिष्टता के लिए तो माफी चाहता हूँ··· लेकिन भाई साहब, हर कोई अपने तरीके से जीना चाहता है।"

मुझे लगा कि दिवाकर को इतनी कठोरता नहीं बरतनी चाहिए थी। पिताजी ने सिर्फ समझाया था, वह भी उसी के हित में।···यहाँ तक कि वे आर्थिक मदद को भी तैयार थे !···

दिवाकर पर पहली बार मुझे गुस्सा आया। लगा, यह आदमी मूर्ख ही नहीं, सचमुच 'बैकवर्ड' भी है।···मैंने उसे समझाने का निश्चय कर लिया।

और मैं पिताजी के प्रति अपने जीवन में पहली बार कृतज्ञ हुआ।

13

मरुभूमि में प्यासे आदमी को जैसे रेत में ही पानी का भ्रम हो जाता है वैसा ही भ्रम उस दिन मुझे हुआ था। मैं इस हद तक पगला गया था कि सूखी तपती बालू को ही पानी समझकर सुड़क बैठा था।

दिवाकर के जाते ही माँ पिताजी के पीछे पड़ गयी, "आज तुम्हारी अक्ल को क्या हो रहा है जो कि दिवाकर पर इतने मेहरबान हुए जा रहे थे···मैं तो समझी थी किसी जरूरी काम से बुलवाया है उसे !"

पिताजी माँ का मन्तव्य समझकर सिर्फ मुस्कुराये।

मगर जैसे अपने मुस्कुराने पर हीं उन्हें क्षोभ हुआ हो, क्योंकि उन्हें दिवाकर के हठ और अशिष्टता का स्मरण आ गया था। उन्होंने झुंझला कर कहा—

"मेहरबानी की ऐसी की तैसी···"

मगर मेरी उपस्थिति का भान उन्हें नहीं था। जब मुझ पर दृष्टि पड़ी तो बात को मोड़ देते हुए आगे इतना और जोड़ दिया—"ऐसी की तैसी कर दी दिवाकर ने तो !···"

माँ बात की इस पलट को समझ ही नहीं पायी थी। उसने फिर शिकायती रोष प्रकट किया।

"मरे दिवाकर ने तुम पर ऐसा कौन-सा जादू-मन्तर कर दिया कि उसे तीन-तीन हजार की मदद देने को भी लट्टू हुए पड़े हो !"

पिताजी ने जरा उलझन-भरे स्वर में इतना ही कहा, "अरे वैसे ही मूड खराब कर गया वो···ऊपर से तुम्हारे सवाल-जवाब !···बताऊँगा बाद में। जरा चाय बना लाओ पहले।"

यह कह उन्होंने एक दृष्टि मुझ पर डाली।

मुझे महसूस हुआ कि मेरी उपस्थिति में वे कुछ छुपा रहे हैं।

मुझे बेचैनी होने लगी। कुछ देर मैं इस दुविधा में रहा कि बैठकर तमाम बातें सुनूँ या उठकर चला जाऊँ ?···किन्तु मेरे सामने तो शायद कुछ भी न बताया जाय। मैंने यह सोचकर उठने का निर्णय कर लिया; पर लगा जैसे पिताजी ने मेरे मन की बातें ताड़ लीं और उनकी पैनी दृष्टि के घेरे में मैं जड़ हुआ जा रहा होऊँ।

कुछ देर यूँ ही उथल-पुथल में बीत जाने पर उठने का साहस तब हुआ जब पिताजी स्वयं उठकर बाथरूम की ओर चले गये।

बाहर आकर भी मेरे अन्दर उथल-पुथल मुझे विचलित करती रही। मैं आँगन के दरवाजे से बाहर निकल आया था,···किन्तु गैलरी के दूसरे दरवाजे से बराबर वाले कमरे में जा घुसा और खिड़की से सटकर माँ व पिताजी के बीच चलने वाले संवाद की प्रतीक्षा करने लगा।

धीरे-धीरे पिताजी के भीतर का मलबा साफ-साफ नजर आने लगा।

माँ चाय ले आयी तो पिताजी ने गला जरा साफ करते हुए कहा, "तुम इशारे की बात समझने में बहुत कच्ची हो।···इस गिरधर का डर लगता है मुझे, कहीं दिवाकर से सारी बातें बता दे तो बेकार में रैपुटेशन खराब हो जाय।"

माँ ने चाय का कप पिताजी के सामने रख दिया और स्वयं वहीं कुर्सी पर बैठ गयी।

पिताजी चाय की घूँट भरते और एक-एक कर अपनी पोल खोलते रहे।

'पता है ? नया अफसर आ गया है इधर।···पहले वाला तो था अपना यार! पर ये हरामजादा तो, सुना है, कुछ ज्यादा ही सख्त है।"

माँ समझी नहीं। बोली, "अजीब हिसाब है! जब ईमानदारी का पता आपको भी है तब दिवाकर को···"

किन्तु पिताजी ने माँ को पूरी बात नहीं कहने दी। बोले, "मगज-पच्ची न करो, सुन लो पहले पूरी बात।"

माँ चुपचाप चाय पीने लगी।

पिताजी ने शुरू कर दिया, "तभी तो कहता था मैं—दिवाकर 'कबाब में हड्डी' बन गया है इस वक्त! इसकी ईमानदारी से अफसर खुश है और मैंने उसके बारे में सुना है कि इण्टरव्यू बोर्ड के किसी आदमी से उसकी करीबी रिश्तेदारी भी है।···अगर उसने सचमुच दिवाकर का काम अपनी सिफारिश से करवा दिया तो अपना तो बेड़ा गर्क!"

यह कहते हुए पिताजी ने अपने दोनों हाथ इस तरह से झटक कर माँ को दिखाये मानो गर्क होने वाला बेड़ा सचमुच कोई चीज हो, जो अभी-अभी उनके हाथों से छूटकर फर्श पर जा गिरा हो और गर्क हो गया हो!

माँ के चेहरे पर भी प्रश्नचिह्न लटक आया। और आगे क्या हुआ —यह जानने के लिए वह चुप ही रही।

पिताजी ने रहस्य पर से पर्दा खींचते हुए बताया, "इस पोस्ट पर काम कराने के लिए मैंने एक से आठ हजार एडवांस में ले रखा है, समझी? इसमें दो हजार अपना हिस्सा था···अगर इस अफसर के बच्चे की सिफारिश में दम हुआ तो दिवाकर मुफ्त में नौकरी पा लेगा, मगर मेरी नाक तो नीची हो जायेगी···और फिर आठ के आठ अपनी जेब से लौटाने पड़ेंगे, वो अलग!"

माँ चौंकी, जैसे किसी तिलिस्मी रहस्य पर से पर्दा उठा दिया गया हो।

आश्चर्य से बोली, "जेब से लौटाने होंगे ?"

"और क्या हजम कर लूँगा मैं ? मैंने तो जिसके पहुँचाने थे, पहुँचा दिये थे अपने दो छोड़कर !"

माँ फिर उलझन में पड़ गई। पूछ बैठी, "और तिस पर भी दिवाकर को दो हजार की खैरात देने को उसके सिर हुए जा रहे थे···मैं तो कुछ समझ नहीं रही।"

"मैं कैसे समझाऊँ जो तुम्हारी समझ ही तुम्हारे भेजे से अलग है तो! ···अरे मैं दिवाकर को उकसा रहा था ताकि वो अफसर को रिश्वत देकर अपना काम कराने की प्रार्थना करे···तुम जानती नहीं, वो इस रिश्वतबाजी से भड़क उठता और दिवाकर की जो इमेज उसने बना रखी है, टूट जाती-- समझी ?"

कहकर पिताजी ने माँ के चेहरे की ओर प्रतिक्रिया जानने के लिए देखा।

फिर आगे बोले, "नहीं समझी···? इससे वो दिवाकर की सिफारिश करने का चक्कर खत्म हो जाता। फिर इण्टरव्यू कमेटी में उसका दखल नहीं होता और मैं भी मरने से बच जाता···पर ये दिवाकर का बच्चा तो हरामी निकला ! मरवा कर छोड़ेगा।"

पिताजी भीतर से जैसे उबल रहे थे। उनकी योजनाबद्ध खलनायकी असफल हो चुकी थी···जिससे बाजार में उनकी साख के साथ-साथ चिकनी कमाई ही नहीं मारी जाएगी, जेब से नुकसान भी उठाना पड़ेगा !

तमाम किस्से से तिलिस्मी पर्दा हटने पर भी माँ 'अब क्या होने वाला है'—के सस्पेंस में पिताजी के चेहरे को देखती रही।···तिलिस्मी 'नायक' मुसीबत में फँस चुका है !···पर भय, शंका और सस्पैंस के थ्रिल में माँ को जैसे यह भी भरोसा हो कि कहानी का 'हीरो' संकट में भी अपनी सूझ-बूझ और बुद्धि नहीं खोता···जीतना तो आखिर उसे ही

है !…वह रास्ता निकाल ही लेगा।

बस माँ ने सुझाव दिया, "तो आगे की सोचो।"

उसी वक्त…

खिड़की के पीछे मेरे चेहरे पर एक ऐसी घृणा उग आयी थी जिसने मुझे भीतर ही भीतर तार-तार कर दिया था !…एक भयानक सपना मेरी आँखों के सामने से गुजर गया था, जिसे देखकर मेरी आँखें भयवश जागने पर भी खुल नहीं पा रही थीं !…मेरे भीतर एक ऐसी रुलाई फूट पड़ी थी, जो बह-बह कर जमती जा रही थी। मुझे लग रहा था जैसे मेरे चेहरे पर मुर्दे ही मुर्दे बिखरे पड़े हों और आकाश चीलों और गिद्धों से भर गया हो।

14

पिताजी मेरी दृष्टि में जितना गिर गये थे, दिवाकर उतना ही उठ गया था।

लेकिन स्वयं मैं ?

मैं इस तरह स्वयं को अधर में लटका पा रहा था जैसे मुझे हलाल करके लटका दिया गया है !

मैं पिताजी की सारी पोल दिवाकर के सामने खोलकर अपने मन को संतुष्ट कर लेना चाहता था। पर वैसा भी साहस मुझमें न था। मुझे लगता कि मैं स्वयं दिवाकर की नजरों में गिर जाऊँगा। दिवाकर कहेगा, "ऐसों की औलाद है तू रे ! छी: छी:···! नीचता! ··· महा-नीचता !" तब तो मैं कतई जमीन में धँस जाऊँगा !

मैंने अपने भीतर अपने बचाव में भ्रमों के तर्क गढ़ लिये थे। सोचा—परिवार की इज्जत इससे मिट्टी में मिलेगी। आखिर हूँ तो मैं परिवार का ही एक हिस्सा। फिर, मेरे इस तरह बता डालने से दिवाकर भी व्यर्थ में दिमाग खराब कर लेगा। आपस में कटुता घटने से रही।

मैं मन ही मन दिवाकर से क्षमा माँगने लगा था।··

"तू यहाँ खड़ा-खड़ा क्या षड्यन्त्र कर रहा है रे ?"

दिवाकर की आवाज ने मुझे चौंका दिया। उसके बायें कन्धे पर लम्बी तनियों वाला एक खादी का थैला लटका हुआ था।

हड़बड़ी में कुछ न सूझा तो मैं पूछ बैठा, "गाँव जाने की तैयारी में हो, चाचा ?"

वह हँसा और बोला, "तू तो यार, पगला गया है···तीन दिन से मेरी-तेरी मुलाकात तो नहीं हुई न ? क्यों भला ?···मैं गाँव गया हुआ था, उस दिन तेरे को बोलकर गया था, पर तूने कुछ ढंग से बात ही नहीं की···आजकल क्या हुआ है तुझे ?"

मैं अपने आपसे ही भयभीत हो गया !

मैंने सहज बनने का प्रयास किया।

पूछा, "सब ठीक चल रहा है न गाँव में ?"

दिवाकर कुछ चिन्तित हो गया। बायें कन्धे पर से थैला उतार कर पीठ पर डालते हुए बोला, "मुझे छोटे भाई की चिन्ता लगी रहती है, गिरधर···पिछली बार बाप की मृत्यु पर बचा-खुचा पैसा स्वाहा हो गया, तो इस बार भी उसकी दुकान के सामान का बंदोबस्त नहीं कर सका! ···जैसे-तैसे बेचारा छोटा-मोटा काम करके पेट भरता है। खर्चे के पैसे देता हूँ, पर नहीं लेता। फिर भी समझा-बुझा कर दे तो आया।"

थोड़ा रुककर फिर कहने लगा, "मुसीबत यह है गिरधर, वह जिद्दी हद दर्जे का है। अपने स्वाभिमान के चक्कर में न मेरी दिक्कतें समझता है न प्यार की भावना। बता मैं क्या करूँ ?"

कुछ देर तक वह सोचता रहा।

मैंने उसके अपाहिज भाई को कभी नहीं देखा था, पर मैं चुपचाप उसका चेहरा कल्पना में उभारने की कोशिश करता रहा···मानो, जैसे ही उसका चेहरा सामने पड़ेगा, मैं उसे समझा-बुझाकर दिवाकर की दिक्कतों से उसे अवगत करा दूँगा।···पर हर बार दिवाकर का चेहरा ही उभर आता और मैं उससे क्षमा याचना करने लगता !

दिवाकर ने दुखपूर्ण स्वर में कहा, "इतना सैन्सेटिव होना अच्छा नहीं···मुझे डर है कहीं वह आत्महत्या न कर बैठे !"

मैं स्वयं डर गया। आत्महत्या तो कहीं यह दिवाकर ही न कर बैठे। इसे पता ही क्या है कि इसके इर्द-गिर्द की जमीन किस दिशा में घूम रही है···यह अपने भविष्य के प्रति आश्वस्त है और जिन्दा है। इसे पता नहीं, पर आगे तो एक भयंकर खाई है!···मैं अपने आपको तैयार करने लगा कि दिवाकर के सामने एक-एक सच खोलकर रख दूं···।

पर मुझे लगने लगता कि पिताजी की लाल-क्रुद्ध आँखें मुझे घेरे हुए हैं···'जासूसी कर रहा है ?···अपने ही घर में ?···घर का भेदी ! वाह बेटा !···क्या औलाद है !···नाम रोशन करेगा बाप का !'··· और मैं वह घेरा तोड़ने के बजाय खुद को लताड़ने लगता !

दिवाकर ने मुझे टोकते हुए कहा, "क्यों रे···फिर षड्यन्त्र रचने लगा !" और हँस पड़ा।

मैं चाहकर भी उसका साथ देने लायक हँसी न जुटा सका।

उसने मेरा हाथ पकड़ा और धीरे से खींचते हुए कहने लगा, "जरा मेरे कमरे तक आ···तू हर वक्त दार्शनिक क्यों बना रहता है ? जिन्दगी वैसे ही इतनी कठोर है कि हँसने के मौके ही कम देती है···आ, दो-चार घड़ी तो जरा अपने हिसाब से जीकर देख लें···इतनी फुर्सत तो खुद हमें निकालनी पड़ेगी।"

मैं चल दिया और उसके चुप होने पर बोला—"फिलॉसफी की बातें तो आप कर रहे हैं, और फिलॉसफर बता मुझे रहे हैं।"

"ये यथार्थ है भाई, कठोर वास्तविकता···तू इसे ही फिलॉसफी कह दे तो असली फिलॉसफी की क्या पूछ रह जायेगी !"

"तो असली फिलॉसफी क्या है, चाचा ? वो समझा दो।···नकली मत बताया करो।"

दिवाकर ने ठहाकेदार हँसी हँसते हुए कहा—"तूने कभी पढ़ी है ?"

"क्या ?"

"रेखागणित ?"

"मैं तो गणित में कमजोर रहा हूँ, चाचा।"

"घबरा मत, तुझसे सवाल हल नहीं कराना।···रेखागणित में वो होता है।"

"वो ?"

"हाँ···प्रमेय···होता है न ?"

"होता तो था !"

"हमेशा होता है भाई, था ही नहीं, है भी और रहेगा भी। जानता है प्रमेय में क्या करना होता है ?"

"नहीं।"

"एक दिये हुए तथ्य को सिद्ध करना होता है···मतलब यह कि एक सत्य सामने रखा जाता है कि यदि ऐसा किया जाय तो परिणाम हर हालत में अमुक रूप में निकलेगा। लेकिन कैसे ? यही प्रमेय में सिद्ध करना पड़ता है।"

"मेरी तो समझ से बाहर है, चाचा।"

दिवाकर हँसा, "तभी तो कहा था कि तू असली फिलॉसफी की बात किया कर।"

"पर गणित में फिलॉसफी कहाँ से आ घुसी !" मैं झुंझला उठा था।

"जीवन स्वयं में गणित है, भाई। गणित अपने आप में जिस प्रकार सत्य है, जीवन भी है। अगर जीवन की कैलकुलेशंस कहीं गलत हो गयी तो यह गलत उत्तर निकालेगा। इसलिए जीवन के जोड़-घटा भी सीखने जरूरी हैं।"

"पर आप तो जोड़-घटा के फेर में नहीं पड़ते।"

"हर आदमी के जीवन का कोई न कोई ऐसा प्रमेय है जिसे वह तमाम उम्र सिद्ध करने में लगा रहता है।" दिवाकर ने दार्शनिक मूड में कहा।

"आपके जीवन का प्रमेय क्या है, चाचा ?"

दिवाकर हँस पड़ा, "मेरे जीवन का प्रमेय तेरे काम का नहीं।"

"मैं उसे हल भले ही न कर सकूँ, पर जानने में क्या बुराई है ?"

"ले जान—'सिद्ध करो कि सच, ईमान व नैतिक आदर्शों के समकोण त्रिभुज के कर्ण को व्यास मानकर खींचा गया जीवन-वृत्त त्रिभुज के संघर्षों, कठिनाइयों और अव्यावहारिकताओं के शीर्ष से होकर गुजरता है'।"

कहकर दिवाकर हँस पड़ा।

मैं बोला—"यह तो बड़ा कठिन प्रमेय है, चाचा।"

"यह तो एक प्रमेय हुआ···दूसरा प्रमेय भी है, जिसे सिद्ध करना लोग आसान समझते हैं और जमाना इसे ही सिद्ध करने में लगा है। लगे हाथों जान ले इसे भी—'सिद्ध करो कि जीवन-वृत्त की किसी त्रिज्या पर खींचा गया झूठ व बेईमानी का लम्ब, जीवन-वृत्त की सफलता की स्पर्श-रेखा होता है'।"

मैंने मन ही मन सोचा—यही प्रमेय पिताजी सिद्ध करने में लगे हैं।

दिवाकर ने आगे कहा, "लेकिन गिरधर, इस सरल प्रमेय को सिद्ध करने वालों को एक और प्रमेय भी सिद्ध करना पड़ता है, जानता है वह क्या है ?"

मैंने जानने की उत्सुकता प्रकट की तो दिवाकर ने स्पष्ट किया, "सिद्ध करो कि जीवन के किसी वृत्त में आत्मा के दीर्घ वृत्त खण्ड में स्थित अनैतिकता का कोण पतन का न्यूनकोण होता है।"

मेरे सामने पिताजी का चेहरा आ खड़ा हुआ। मैं डर गया।

दिवाकर मुस्कुरा रहा था। बोला, "समझा गिरधर ?"

मैंने मजाक में उत्तर दिया, "समझ गया चाचा, 'इतिसिद्धम्'।"

"इतनी जल्दी कहाँ सिद्ध होता है ? पूरी उम्र गुजर जाती है भाई ! तेरा प्रमेय भी है कुछ ?"

"मेरा ?" मैंने इतना-भर कहा और चुप होकर अपने जीवन के किसी प्रमेय के बारे में विचार करने में निमग्न हो गया।

15

एक रोज शाम को दिवाकर ऐसा घबराया हुआ-सा प्रतीत हुआ जैसे किसी डरावने स्वप्न से भयभीत होकर अभी-अभी उसकी आँखें खुली हों !

"गिरधर ?" उसने इस ढंग से मुझे पुकारा जैसे कि वह मुझे झिझोड़ कर रख देना चाहता है।

उत्तर में मैंने उसकी ओर देखा।

जैसा कि उसका स्वभाव था, उसके चेहरे पर कोई मुस्कुराहट होनी चाहिए थी—पर उसका नामोनिशान तक न था।

उसने कई बार मेरी ओर देखा, फिर उसका थका हुआ स्वर उभरा, "वो है न हमारे आफिस में।"

मैंने प्रश्नसूचक नजरों से उसे देखा तो उसने कहा—"अरे वही आडिटर···हमारे यहाँ आजकल आडिट चल रहा है न।"

समर्थन में मैंने सिर हिलाया।

उसने कहना जारी रखा, "उनमें से एक मेरा ही क्लासफैलो निकला।"

मुझे यह बात न जाने क्यों अच्छी लगी। मुझे महसूस हुआ जैसे दिवाकर के हाथ कोई खोई वस्तु लग गयी थी, जिसके लिए वह उदास और घबराया हुआ लगा था।

पर यह मेरा बचकाना खयाल निकला।···दिवाकर के चेहरे के समस्त

हिस्से बंजर दिखायी दे रहे थे।

मैंने पूछ ही डाला, "चाचा, आज तो आप कुछ उखड़े-से लग रहे हो?"

यह कहकर मैं उसके परिचित ठहाके की इन्तजार में था, पर वह गम्भीर बना रहा और बोला, "हाँ गिरधर, मुझे भी कुछ ऐसा ही लग रहा है कि शायद अब उखड़ना ही न पड़ जाय!"

उसकी आवाज में निराशा और उदासी थी। फिर वह आवेगपूर्ण स्वर में बोला, "मैं आडिटर की बात बता रहा था न, वह पूछने लगा—'कहो, यहाँ कब से हो? ये तो अनिंग वाला महकमा है भैया'।"

दिवाकर आडिटर के साथ हुई बातचीत का बयान करने लगा।

" 'अनिंग कैसी, सर?'

" 'कमाने-खाने वाला डिपार्टमेंट, भैया!···अरे ऊपरी आमदनी··· एक्स्ट्रा इनकम।'

" 'सच्चाई और ईमान ही अपनी एक्स्ट्रा इनकम है, सर।'

" 'क्या 'सर-सर' कहते हो यार!···बचपन में साथ पढ़े हो, भूल गये जब छठी क्लास में एक-दूसरे की पीठ पर चढ़-चढ़कर इन्टरवल में खेला करते थे? और मील भर पैदल स्कूल जाते थे साथ-साथ।··· कितनी उमंग थी, जोश था, बचपना था!'

" 'बचपन की बातें हैं···'

" 'पर भैया, तू तो अभी भी बचपने की बातें कर रहा है···मैं तेरे से आडिटर की हैसियत से नहीं, दोस्त की हैसियत से खुलकर बातें कर रहा हूँ।'

" 'मैंने भी निस्संकोच ही बातें की हैं।'

" 'नहीं दिवाकर···मैं एक्स्ट्रा इनकम की कह रहा था। क्या मिलता है तुम्हें?···मेरा मतलब वेतन?'

" 'तीन सौ।'

" 'तीन सौ, केवल ? और तू करता है सच और ईमान की बातें ! ··· राजा हरिश्चन्द्र की पीढ़ी मर-खप गयी···गांधी का नाम रह गया है, बस। धरती पर चलने के लिए, भैया, कदम जमाने पड़ते हैं। तीन सौ में जमा पाते हो तुम ?'

" 'कहीं से उखड़े हुए दीखते हों तो आप ही बताइए ?"

" 'देख न यार, अपनी हालत···बचपन वाली उमंग है तुझमें ?'

" 'बचपन वाली सारी बातें सदा साथ रहती हैं क्या ?'

" 'रहनी चाहिए न, तभी लाइफ है।'

" 'तब तो बचपन की तरह ही हमें बड़े होकर भी नंगे घूमना-फिरना चाहिए। जहाँ-तहाँ टट्टी-पेशाब कर देना चाहिए···'

" 'तर्कों-कुतर्कों से जीता तो जा सकता हो, पर भैया जिन्दा नहीं रहा जा सकता···जीने के लिए व्यावहारिक होना बहुत जरूरी है।'

" 'जीने के मेरे अपने रास्ते हैं।'

"होंगे। पर हैं झाड़-झंखाड़ वाले। रास्ते और भी हैं, पर तुमने जानबूझ कर ऐसे चुने तो अपने लिए तुमने अन्याय ही किया।'

" 'मैं खुद अपना रास्ता बनाता हूँ, बने-बनाये पर नहीं चलता। मुझे पता है मुझे किधर रास्ता बनाना है। बने बनाये तो लीक की तरह हैं, जिन पर चलते रहकर न जाने कहाँ पहुँच रहा है आदमी !'

" 'भैया, सच तो यह है कि बचपन के खेल की तरह आदमी एक-दूसरे की पीठ पर सवार होकर ही चले तो फायदे में, वर्ना तेरी तरह तो अकेले ही चलकर थककर आदमी चूर हो ले !'

" 'आप बेशक दूसरों की पीठ पर सवारी करके अपनी तन्दुरुस्ती बरकरार रखें। अपना सफर तो अपने पैरों ही मजे में कट रहा है। केवल अपंग ही दूसरों की पीठ पर सवार हो सकता है।'

" 'अपंग तो, भैया, तुम भी हो दिवाकर। तुम्हें सच्चाई का पता क्या है ! इसी तुम्हारे महकमे में जो हेराफेरी चलती है, सुनो तो दंग रह

जाओगे। न हो तो अपना भी गुजारा भला कैसे चले !'

" 'तो आप भी रिश्वत खाते हैं ?'

" 'अरे जरा धीरे बोल भैया, रिश्वत काहे की ससुरी···खर्चा-पानी ही तो है। वेतन में गुजारा होता है क्या ? और किसी की जेब तो नहीं काटते। कलम का रुख है भैया, थोड़ा इधर न सही, उधर घुमा दिया। गोरमिंट का पैसा है। गोरमिंट को हम वनाते हैं। गोरमिंट अपनी है, फरक क्या पड़ता है, और नोट छाप लेती है।' "

आडिटर की इस टिप्पणी से दिवाकर ने बात खत्म करते हुए एक लम्बी चुप्पी साध ली। जैसे उसने मुझे इस वार्तालाप के निष्कर्ष निकालने का एक मौका दिया हो। मुझे लगा कि दिवाकर बता देना चाहता था कि उस दफ्तर में हेरा-फेरी चलती है और उसका कार्यभार तेरे पिता पर हैं···मायने यह कि तेरा बाप भी इस जुर्म में शरीक है···कि तेरा बाप भी चोर है··कि तू चोर की औलाद है !

मैं दिवाकर से नजरें नहीं मिला पा रहा था। फिर भी मैं सन्तुष्ट था, क्योंकि जिस सत्य को दूसरे रूप में मैं दिवाकर के सामने कहने का साहस जुटा नहीं पा रहा था, उसका एक अन्य भयंकर रूप में आडिटर ने उसे अहसास करा दिया था।

उस शाम दिवाकर ने और कुछ नहीं कहा···न मुस्कुरा पाया···न मुझसे और बातें कर सका।

16

उस दिन के पश्चात् दिवाकर ने घर पर आना एकदम बन्द कर दिया था। मैं बेचैन भी था और एक अज्ञात होनी से आतंकित भी !…लेकिन इतनी हिम्मत न जुटा सका कि दिवाकर से मिल आऊँ। एक-दो बार साहस भी किया, मगर आधे-रास्ते से ही डगमगा कर लौट आया। हर बार लगता, दिवाकर कह रहा हो—'गिरधर, तेरा बाप इतना गिरा हुआ भी हो सकता है !'…यानी मैं नीच बाप की औलाद !…महसूस होता कि दिवाकर घृणा से मुझे दूर झिड़क देगा। हर पल प्रतीत होता—अब कुछ होने वाला है…अब हुआ जैसे !

मैंने प्रायः घर से निकलना बन्द कर दिया। परीक्षाएँ सिर पर ही थीं, पर पढ़ाई में मन न लगता। फिर भी किताबों में खोये रहने का प्रयत्न करता।

माँ और पिताजी मेरे सामने कम ही बातें करते, क्योंकि उन्हें शक था कि मैं एक जासूस हूँ, जो घर की हर बात जाकर दिवाकर से बता देता हूँ। इसलिए मैं इनकी हर बात चोरी-छुपे सुनने की ताक में रहता था, और इन्हें झाँसा देकर दिवाकर के सम्बन्ध में इनकी तमाम बातें मैंने सुन ली थीं।

किन्तु जब से मैंने घर से बाहर जाना कम कर दिया है, मैं महसूस कर रहा था कि घर के वातावरण में एक अजीब-सा खिचाव पैदा होता

जा रहा है। इस माहौल की रग मेरी पकड़ में आ नहीं पा रही थी। एक उलझन थी जो मेरे भीतर जाला बुनती और उधेड़ती रहती।… कभी मैं अपने को झिझोड़ता, कभी तटस्थ होकर सोचना-विचारना छोड़ देता…पर विचारशून्यता तो सिर्फ समाधि-अवस्था में ही सम्भव हो सकती है !…मेरे सामने कभी दिवाकर का चेहरा घूमता…कभी आडिटर का…कभी पिताजी का…और कभी सारे चेहरे गडमड होकर मुझे घुमाने लगते। मैं सिर्फ चेहरे देख पाता…और कुछ न सोच पाने के प्रयास में घूमने लगता।

मैं इसी तरह की ऊहापोह में पड़ा हुआ एक दैनिक अखबार के साप्ताहिक परिशिष्ट में मन बँटाने की कोशिश में लगा हुआ था, कि हरिहर का उत्तेजित स्वर सुनायी दिया—

"मम्मी !…मम्मी ! पापा को पुलिस ने गिरफ्तार कर लिया।"

मैं घबराकर चौंक उठा।

माँ टंकी की टोंटी पकड़े ग्लास में पानी भर रही थी…ग्लास उसके हाथ से छूटकर गिर गया।

हरिहर के चेहरे पर घबराहट बिल्कुल नहीं थी…केवल ऐसी मासूमियत थी, जैसे उसने किसी सच्चे देशभक्त को फाँसी दिये जाने की खबर सुनायी हो; जिसका मातम मनाना शहीद के बलिदान का अपमान ही समझा जाता है।

माँ को दिलासा देते हुए हरिहर ने कहा—"ओह मम्मी, नर्वस होने की कोई बात नहीं। घबराओ मत। हिम्मत रखो…मामूली-सी घटना है। साले फाँसी थोड़े चढ़ा देंगे।"

माँ पूर्णतया होश में थी…पर मुझे ऐसा प्रतीत हुआ कि माँ उस वक्त होश में रहना नहीं चाहती थी !…

हाँफते हुए वह चारपाई पर धम्म् से जा गिरी। हरिहर ने लपककर सहारा दिया और समझाने की चेष्टा की, "मम्मी सब ठीक हो जायेगा…

लखनऊ मामाजी को फोन कर दिया है, वे सँभाल लेंगे। इस महकमे में तो यह चलता ही रहता है···मुझे तो बाईचांस एक दफ्तर के ही आदमी ने रास्ते में बताया यह सब।···जमानत तो हो ही जायेगी।"

माँ जैसे बेहाल हुई जा रही थी। फटी आँखों से गर्दन झुकाकर कभी इधर देखती, कभी उधर।

हरिहर ने ताज्जुब प्रकट करते हुए कहा, "पर मेरी समझ में नहीं आया कि यह सब कैसे हुआ ?···किसी ने सतर्कता विभाग को गुप्त सूचना भेज दी और सादे वेश में पुलिस ने आडिटर को घूस देते रंगे हाथों थाम लिया।"

"आडिटर को ?" माँ ने सूखती जुबान से पूछा।

"हाँ-हाँ, आडिटर भी पकड़ा गया है, पापा उससे लेन-देन कर रहे होंगे। चलता ही है। और जब तक कोई भेद न दे, कौन पूछता है···"

"अरे ये उसी कमीने की करतूत है रे !" माँ ने साड़ी के पल्लू से चेहरे का पसीना पोंछते हुए कहना शुरू किया।

"किसकी ?"

"इस घर के भेदी दिवाकर की !···उन्हें तो पहले ही डर था !"

हरिहर को यकीन नहीं आया, बोला—"क्या कहा मम्मी ?···उस डेढ़ पैसे के मामूली कुत्ते ने यह हरकत की होगी ? उसकी क्या हैसियत है भला ?"

माँ बेटे को यकीन दिलाने की कोशिश करने लगी, "यह उसी कमीने ने किया है रे, मैंने तो समझाया था कि साँपों को दूध नहीं पिलाते।"

माँ बार-बार साड़ी के छोर से आँखें भी पोंछ रही थी और टुकड़ा-टुकड़ा करके हरिहर को सुनाती भी जा रही थी।···हरिहर माँ के कहे गये हर टुकड़े पर अंग्रेजी चासनी में पगी हुई हिन्दी गालियों की टिप्पणी प्रस्तुत करता, "रसाला बास्टर्ड।" कभी कहता, "हरामी इडियट।"

कभी उसके मुंह से निकलता, "नानसेंस कुत्ता।"

माँ ने फिर दोहराया, "वे कई दिन से परेशान थे···उन्हें सन्देह था कि यह कलमुँहा कुछ गड़बड़ करने वाला है।"

"मम्मी! पापा ने इस उल्लू के पट्ठे को रखवाया ही क्यों था··· जब पता था तो इसे लात मार कर भगा क्यों नहीं दिया।"

"अहसान का यह दाम चुकाया है रे इस कमीन ने, पीठ में छुरा घोंप कर।"

"आय विल सी हिम···मैं देख लूँगा उसे, मम्मी।" हरिहर ने पूरे आवेश से कहा और मम्मी की कोई चिन्ता किये बिना बाहर निकल गया।···वैसे भी वह अधिकांशत: बाहर ही रहता था। रात को देर तक लौटता। और जब घर पर होता तो 'मम्मी' से बतियाता रहता, जिसमें उसके सिर्फ दो टॉपिक रहते— कालेज की लड़कियों की चर्चा या फिर दिवाकर पर फबतियाँ। ये फबतियाँ मुझे सुनाकर कसी जातीं। माँ-बेटे पूरा रस लेते। मैं कुढ़ता और ऐसे में प्राय: घर से बाहर निकल जाता।

पर उस दिन तो मैं समुन्दर में डूब गया था! ···जैसे विषैले समुद्री प्राणी मुझे चारों ओर से घेरकर नोचने लगे थे। पर मैं न उस समुन्दर की अपार जलराशि से उबर आने की चेष्टा कर रहा था, न उनके पैने पंजों और नाखूनों से।···

हालाँकि बेचैनी से मेरा रक्त विषैला हुआ जा रहा था, पर मेरे भीतर की कोई अज्ञात गाँठ जैसे खुल गयी थी।···और यह सब जो हुआ, किसी बिंदु से मुझे भला-सा लगा।

मुझे दिवाकर के प्रमेय वाली बात का स्मरण हो आया···उसका बताया गया तीसरा प्रमेय सिद्ध हो गया था···पतन वाला प्रमेय!

17

पिताजी जमानत पर छूटकर आ गये थे।

पर जिस अँधेरी कोठरी में कैद करके मुझे डाल दिया गया था, उस तक मेरी जमानत कराने कोई भी आता प्रतीत नहीं हो रहा था!··· दिवाकर भी नहीं। मुझे लगा, पिताजी नहीं, दिवाकर गिरफ्तार किया गया है, सच्चाई को उद्घाटित करने के जुर्म में।

सारी रात सो नहीं पाया मैं।···चौंक-चौंककर उठ बैठता···लगता, दिवाकर जगा रहा है। उससे मिलने की यह छटपटाहट क्यों थी, मुझे मालूम नहीं पड़ रहा था···मैं क्या चाहता था? दिवाकर को बधाई देना···या उसकी निन्दा करना?···या उसे सिर्फ देखना चाहता हूँ··· या कि छूना-भर?

अचानक मुझे दिवाकर आता दीख गया। मैं सकपका गया, मानो स्वयं मैं किसी अपराध में रंगे-हाथों पकड़ लिया गया होऊँ!···मैं वापस कमरे में जा घुसा।···मैं हीनता के बोध से सामना करने की शक्ति गँवा चुका था!

कमरे की खिड़की में बनी दरारों से झाँककर देखा···दिवाकर के चेहरे पर न अपराध-बोध की पीड़ा थी, न पश्चात्ताप की चोट···तटस्थ उदासी के कुछ निशान जरूर थे।

एकाएक पिताजी का तीखा स्वर सुनाई पड़ा, "अय दिवाकर, खबर-

दार ! अगर आइन्दा कभी इस घर में कदम भी रखा, तो टाँगें तोड़ कर रख दूंगा !"

दिवाकर भयभीत हो जहाँ का तहाँ खड़ा रह गया।

मैं साँस रोककर आगे की भयावह घटना की कल्पना करने लगा··· अच्छा हुआ हरिहर इस समय कहीं बाहर गया हुआ है···वह तो इसके साथ हाथापाई पर उतारू हो जाता।

पिताजी की आँखों में रुआँसा, मासूमियत भरा गुस्सा उबल रहा था। दिवाकर को प्रताड़ते हुए उनके स्वर में क्षोभ, घृणा और टूटन एक साथ ही विद्यमान थी, "वाह रे बहादुर ! खूब अहसान चुकाया ! हम तेरे दुश्मन थे तो हाथ फैलाकर टुकड़े माँगने काहे को आया था ?···इत्ता लिहाज भी नहीं कि हमने पेट काटकर तेरे आगे टुकड़ा डाला और तूने ही हमारी रोजी की पीठ में छुरा घोंप दिया ?"

एक क्षण के लिए मुझे पिताजी के साथ सहानुभूति ने जोड़ लिया। लगा, पिता नहीं···कोई नन्हा शिशु करुण विलाप कर रहा है।···थोड़ी देर के लिए मैं सोचने लगा कि आखिर पिताजी जो भी करते हैं हम सब के लिए···अकेले अपने लिए ही तो नहीं···मुझे खुश नहीं होना चाहिए था···दिवाकर का क्या, नौकरी चली गयी तो पिताजी के साथ क्या तमाम परिवार अनाथ नहीं हो जायेगा ?···दिवाकर तो सिद्धान्त लिये पड़ा है···उसे साहब लोगों की शाबाशी भी मिलेगी, नौकरी भी पक्की हो जायेगी, उसकी साख भी बढ़ जायेगी···यह आदमी अफसरों का चमचा है···सच व ईमान की आड़ में स्वार्थी भी है। जब सारा जमाना ले-देकर और तिकड़में भिड़ाकर चल रहा है और ऊपर से नीचे तक सब के सब एक से रंग में सने पड़े हैं, तो दिवाकर को क्या पड़ी थी उसे जल छिड़ककर पवित्र करने की ?···कम से कम किसी का अहसान तो मानता ! यह बहादुरी कहीं और रच लेता···कृतघ्न होना भी तो अनैतिक है।

मेरे भीतर दिवाकर के लिए न जाने क्यों अचानक यह विद्रोह और घृणा हरी फसल की तरह लहलहाने लगी थी।

दिवाकर वहीं खड़ा रहा; मानो उसकी इच्छा हो रही थी कि उसने जो अपराध किया है उसकी सजा भी उसी दम सुना दी जाय। उसका सिर झुका हुआ था।

अचानक वह शान्त स्वर में कहने लगा, "मैं सचमुच शर्मिन्दा हूँ। यह मैंने ही किया था—मैं साफ-साफ स्वीकारता हूँ, क्योंकि यह मैंने अनजाने नहीं जानबूझ कर किया था। पश्चात्ताप के लिए नहीं किया था, नैतिकता की रक्षा के लिए किया था।···फिर भी मैं अहसान-फरामोश तो हूँ ही···जिसने मुझे रोजी दी, मैंने उसी की रोजी की हत्या का जुर्म किया है। लेकिन मुझे ऐसी भ्रष्टता में जीना पसन्द नहीं, उसे देखना और सहना पसन्द नहीं, इसलिए जो यहाँ किया, हमेशा और सब जगह करूँगा।···सच तो यह है कि ऐसा भ्रष्टाचार यदि कहीं न होता तो मेरे जैसे निर्धन, बेरोजगार होते भी क्यों···क्या मेरी योग्यता में कमी है ? पर आजकल की योग्यता तो पैसा है !"

पिताजी बौखला कर खड़े हो गये, "नहीं सुनना तेरा लैक्चर···चल निकल इसी दम···वर्ना मैं···"

वे हाँफने लगे थे। क्रोधवश ठीक-ठीक कुछ कह नहीं पा रहे थे। वे उल्टा-सीधा बकने लगे—"तू सोचता है तू और नौकरी कर लेगा इधर ? देख लूँगा, वो साब—तेरा बाप क्या तेरी नौकरी लगवायेगा ! अपना घर फूँक लूँगा पर तेरे को भी तबाह कर छोड़ूँगा।"

दिवाकर तनिक मुस्कुराया और लुप्त होती हुई उसी मुस्कान के साथ उसने कहा, "यह काम जो आपको जघन्य अपराध जैसा लगा, मैंने अपने मन के सुख के लिए किया। पर आपके सम्मान को मैं रख नहीं पाया, यह बेचैनी भी मेरे मन में फाँस-सी चुभती रही·· तो स्वयं को दण्ड देकर मैंने यह फाँस भी निकाल ली···मैं नौकरी से रिजायन

कर आया हूँ। इ ~ मुझे कोई पछतावा नहीं है। भूल जाइए साहब की मुझ पर की जाने वाली कृपा-दृष्टि को···इस नौकरी पर मेरा कोई हक नहीं रह जाता, क्योंकि मैंने इस तक पहुँचाने वाले को दंडित करके भी एक अपराध ही किया था। पर नौकरी छोड़कर मुझमें अब कोई अपराध-भावना नहीं रही। यदि यह नौकरी आप न दिलाते तो मैं त्यागपत्र देने वाला नहीं था।"

पिताजी चीखकर बोले, "कब्भी नैईं ! मैं तुझे करने देता तब न !"

तभी हरिहर आ गया। दिवाकर को देखते ही आगबबूला हो गया।

"देखता हूँ तेरे को !" कहकर हरिहर उसकी ओर लपका, किन्तु पिताजी ने रोक दिया।

माँ घर चुपचाप दिवाकर को गालियाँ देती हुई बड़बड़ा रही थी।

"मैं जाता हूँ, पर सिर्फ एक बार गिरधर को मिल लेना चाहता हूँ। मैं इधर आने का साहस भी नहीं कर रहा था, सिर्फ उससे मिलने को आया था।" दिवाकर ने अपमान के कारण उखड़े स्वर में निवेदन किया।

लेकिन पिताजी ने उसकी उपस्थिति का एक पल भी बर्दाश्त नहीं किया और दिवाकर को मुझसे मिले बिना ही लौट जाना पड़ा।

मैं अपनी ही सलाखों में कैद रहा और उससे मिलने तक के लिए उन्हें तोड़ नहीं पाया···सच तो यह था कि वे कायरता की सलाखें थीं।

मैं अपने आपको लताड़ने लगा···मैं हमेशा इन सलाखों में कैद रहूँगा ? मुझमें दिवाकर जैसा साहस क्यों नहीं ? दिवाकर क्या मुझे क्षमा करेगा ?···क्या मैं कभी दिवाकर का प्रमेय सिद्ध कर सकूँगा ?

मैं सिर्फ प्रश्न कर रहा था···

उत्तर में मैंने कुछ भी नहीं, बस यही महसूस किया कि वहाँ तो क्षमा भी दिवाकर ही माँग रहा था···पश्चात्ताप भी दिवाकर ही कर रहा था ···शर्मिन्दा भी दिवाकर ही था···और दण्ड भी दिवाकर ही भुगत रहा था !

18

दिवाकर फिर कभी नहीं लौटा।

लखनऊ में मेरे एक मामा बहुत बड़े 'बिजनैसमैन' हैं।···एक असर-दार शख्सियत ! बड़े-बड़े अफसरों, नेताओं और मन्त्रियों तक उनकी सीधी पहुँच है।

उस केस में पिताजी को उन्होंने ही बचा लिया था। साथ ही पिता जी को यह सलाह भी दी कि नौकरी में कुछ नहीं रखा। बिजनैस करो। जीवन में कुछ तरक्की करनी है तो पैसा इधर-उधर फेंको।

हरिहर ने इसका भरपूर समर्थन किया, क्योंकि वह स्वयं 'बिजनैस-माइंडेड' था।···पिताजी को बात जँच गयी और नौकरी उन्होंने कुछ दिनों के बाद छोड़ दी।

हम सब लोग लखनऊ आ गये। पिताजी ने मामाजी के निर्देशन में पैसा इधर-उधर फेंका और लाखों में खेले ··लाखों कमाया।

मामा के पास अपार धन-सम्पत्ति थी। उनका अपना प्रिंटिंग प्रेस था और एक साप्ताहिक पत्र भी वहाँ से निकलता था।···उनका एक नारी निकेतन भी था—नाम था, 'नारी संरक्षण आश्रम', समाज की शोषित-पीड़ित, उपेक्षित और असहाय स्त्रियों की आश्रय-स्थली !·· इसके अलावा मामाजी समाज-सेवा के दूसरे काम भी करते रहते थे, जैसे मुफ्त दवाइयों का समय-समय पर वितरण कराना, कैम्प लगवाना,

गरीबों के लिए ही भोजन की व्यवस्था भी भंडारे के रूप में जब-तब करना, सर्दियों में असहाय लोगों को मुफ्त कम्बल बँटवाना।···इस सब से ऊपर वे एक बड़ी फर्म के मालिक थे; उनकी अपनी एक फैक्ट्री थी, जिसमें अंग्रेजी दवाइयाँ बनती थीं।

अब उनका इरादा एक बार एम० एल० ए० के चुनाव में उतरना था।

ऐसे महामानव के संरक्षण में पिताजी को फलने-फूलने में क्या देर लगती भला!

पर इस बीच हमारे परिवार में एक दुर्घटना किसी जलजले की तरह टपक पड़ी—हरिहर ने अपनी 'लव-मैरिज' की घोषणा कर दी। पिता जी को अपने नाकारा बड़े कपूत से जो संताप हासिल हुआ था, उसके बदले में छोटा सपूत उनके लिए एक बड़ी भारी दिलासा था।···पर इस घटना से उनका मोहभंग हो गया।

स्वयं मामाजी सिर पीटते हुए-से लगे। पिताजी से बोले, "हमने जाने क्या-क्या उम्मीदें इन लड़कों से लगा रखी हैं; पर एक ने तो लुटवा दिया!···मैं तो पाँच लाख का रिश्ता भिड़ाने के चक्कर में था··· बाकी के फायदे जो थे सो क्या कहना अब!"

पिताजी ने हाथ मलते हुए कहा, "हरिहर से इस नालायकी की उम्मीद न थी।"

मामा ने अचकचा कर जोड़ा, "अजी, मुफ्त में खुद को बेच दिया कम्बख्त ने!"

माँ का विचार था, "अब जो हुआ सो हुआ···उसे घर तो बुला लो···अभी तो बड़े वाला है, उसी की सोचो।"

पर मैंने भी मन ही मन निश्चय कर रखा था···अपने हिसाब से अपना विवाह करूँगा, बिकूँगा नहीं।

मुझे पहली बार इतनी प्रसन्नता महसूस हुई कि लगा, हरिहर को

जी भर के शाबाशी दूं।

बस मुझे अफसोस यही था कि इन लोगों को अपनी बदसूरती पर जरा भी हँसी नहीं आती।···यह सोचकर मैं मन ही मन मुस्कुरा भी पड़ा।

और एक दिन सोचते-विचारते न जाने मुझे क्या सूझी कि मैंने घर में स्पष्ट घोषणा कर डाली, "मैं शादी अपनी पसन्द की लड़की से करूँगा और लड़की नारी संरक्षण आश्रम से चुनूँगा।"

उन पर यह एक भयानक कहर था···महायुद्ध !

मामा ने मुझे झिड़कते हुए गुस्सा प्रकट किया, "अरे नालायक, कुछ तो अपने बाप का खयाल करो ! क्या अपनी नाक कटवाने के वास्ते उन्होंने तुम लोगों को बड़ा किया है ?"

मैंने जरा व्यंग्य से जवाब दिया, "मैं तो नाक ऊँची ही कर रहा हूँ आप लोगों की।···आप तो भाषण देते हुए यह कहते हैं कि हर काम की पहल करने में नवयुवक आगे आयें।···वे कौन-से नौजवान हैं मामाजी, जिनका आह्वान आप परसों 'नारी संरक्षण आश्रम' के वार्षिक समारोह में कर रहे थे कि इन बेसहारा, अबलाओं को अपनाने के लिए नवयुवक आगे आयें ?"

मामाजी गुस्सा पी गये। समझाते हुए बोले, "अरे तो वो क्या था? ···भाषण ही तो था। भाषण भीड़ को हाँकने और चलाने के लिए होते हैं, इतनी समझ भी नहीं ? पढ़े-लिखे हो, कॉमनसेंस से तो काम लिया करो।"

मैं कुछ कहना चाहता था, किन्तु उन्होंने मौका न देते हुए कहना जारी रखा, "फिर तुझे क्या पड़ी है उस अनाथालय की जूठन चाटने की? अपनी हस्ती को क्यों बेइज्जत करता है ? मुझे तो हैरत है कि एक निहायत समझदार बाप का बेटा इस हद तक गिरी हुई नासमझी की बात सोच भी कैसे सका !···एक से एक खूबसूरत परी तेरे लिए जुटा सकता

हूँ, बेटा…तू अपने मामा को समझता क्या है ?…और वो भी धन-दौलत के और आदर के साथ, समझा रे ?"

मैं चिढ़ गया, "आखिर इतना बड़ा ढोंग जो आप भाषणों में रचते हैं, उससे आप क्या हासिल करना चाहते हैं ?"

मामाजी मुस्कुराये। फिर बोले, "अरे चाहता था कभी, अब क्या, अब तो उस चाहत को पूरा करने में जुट ही रहा हूँ।…ये कार, कोठी, वंगला है न, कहाँ से आये मेरे पास ? बता ? यह सब क्या ढोंग है ? सच्चाई नहीं ? क्या हर आदमी यह सब नहीं चाहता ?…पर तू अभी इम्मैच्योर है…कच्चा है। तुझे आदर्शों के रंग भले लगते हैं, जो इस जमाने के तेरे अपने ही तजुर्बों में एक दिन खुद-ब-खुद फीके पड़ जायेंगे… धुले हुए कपड़े पर कच्चे रंग की तरह बदरंग हो जावेंगे। दुनिया खुद ही तुझे एक्सपीरियंस करा देगी कि जीवन का सच क्या है, 'दि ट्रुथ ऑफ दिस लाइफ' ?"

उनकी इतनी भाषणबाजी का यह असर मुझ पर पड़ा कि मैंने दृढ़ता से कहा, "मैं इस तमाम ढोंग के सख्त खिलाफ हूँ…और यह मेरा पक्का फैसला है कि शादी वहीं करूँगा जहाँ मेरी संतुष्टि होगी।"

19

हरिहर के साथ-साथ मुझे भी मामा बिजनेस में डालना चाहते थे; पिता जी की राय तो मामाजी से भिन्न हो ही नहीं सकती थी !···हरिहर तो पहले से तैयार था, किन्तु मैं अपने को कुछ उखड़ा हुआ महसूस कर रहा था। मैं अपने हिस्से का जीवन अपने तरीके से जीना चाहता था, पर वह सब मेरी पकड़ में आ नहीं पा रहा था।···इन लोगों से मेरी मानसिकता कहीं भी मेल नहीं खाती थी और बिजनेस की डिक्शनरी के जो शब्द मेरी जानकारी में थे वे मेरी नैतिक मानसिकता के विपरीत अर्थों में प्रयुक्त किये जाते थे।

मुझे कुछ ऐसा लगने लगा जैसे मैं घर का कोई फालतू सामान था, जिसे घर की दुछत्ती में डालकर निश्चिन्त हो लिया जाता है।···अपने ही घर में अकेलेपन की फौलादी बाँहों से निकल भागने के लिए मेरी कसमसाहट बढ़ती ही जा रही थी।

और एक दिन ऐसा अवसर बन गया···

शादी के बारे में पिताजी व मामाजी मुझे अपने ढंग से समझाने की कोशिश करते तो साफ प्रकट होता कि उनकी दृष्टि मेरे सुखी जीवन पर न थी, वरन् वे मुझे एक कोरा चेक समझते थे, जो किसी तरह भुनाया जा सके और हरिहर की लव-मैरिज के कारण हुए घाटे की पूर्ति भी की जा सके !

मेरे दृढ़ता से इन्कार कर देने पर उस दिन पिताजी ने मुझे जैसे खदेड़ते हुए कह डाला, "जा-जा देखता हूँ कैसे शादी करता है, कर, जा··· चल भाग यहाँ से और बसा अपनी गृहस्थी, जा। देखते हैं कैसे चलायेगा। ठोकरें खानी हैं तुझे, तो खा।"

यह बात मेरे लिए एक चुनौती बन गयी।

मैं घर छोड़ देने के लिए नौकरी की तलाश में भटकने लगा।

इस दौरान मैंने अपने लिए निकट के ही एक कस्बे में काम ढूँढ़ लिया। घूमने-फिरने का बहाना बनाकर मामा से कुछ खर्चा-पानी लिया और निकल गया।

एक फैक्ट्री की सरकारी इमारत के निर्माण में मेरा काम था—निरीक्षण करना। इस काम तक पहुँचने में एक जान-पहचान के आदमी ने मेरी मदद और सिफारिश की थी, वर्ना इस जिम्मेदारी के काम पर किसी नये व्यक्ति को लगाना शायद ही संभव होता।

हालाँकि यह काम एकदम टैम्परेरी था···सिर्फ निर्माण काल तक। पर जब मेरे लिए जिन्दगी का क्षण टेम्परेरी ही था, तब इससे क्या फर्क पड़ता।

मैंने अपने को पूर्णतः 'एक्टिव' बनाने के लिए कमर कस ली थी, किन्तु ठेकेदार ने मुझे हतोत्साहित कर दिया। वह भला आदमी चालीस मजदूर काम पर लाता और हाजिरी भरी जाती सत्तर की! ···

मैंने जाकर एक अधिकारी से सीधे शिकायत कर दी।

वे अधिकारी उससे भी ज्यादा सज्जन निकले। नाराजगी प्रकट करते हुए उन्होंने कहा, "यू हैव एन अनएक्सपीरिएन्स्ड टेलेन्ट, बेटा! ··· दिस इज नॉट द वे आफ वर्किंग। ईमानदारी या सच-झूठ पर रिसर्च करने नहीं आये हैं आप···तजुर्बा करो बेटे। नौकरी करने निकले हो तो वे तरीके ईजाद करो, जिनके जरिए तुम खुद भी खा सको और हमें भी खिला सको।···अब आप जाइए और समझदारी के इशारे सीखिए।"

अफसर के उस फलसफे को मैं पचा नहीं सका और निराश हो गया।

मन बिखर कर झड़ने लगा। लगा, रात के समय साफ-सुथरे आसमान में चमकने वाले पवित्र सितारे गंदे खून में सने हुए हैं!

सप्ताह भर की इस जिन्दगी का अनुभव करने के बाद मुझे अपनी साँसें भी निरर्थक जान पड़ने लगीं।

कुछ था जिसे मैं पाना तो चाहता था···पर वह क्या था जिसे मैं पाये बिना ही खो रहा था, यह उलझन लिये मैं घर वापस आ गया।

इस वापसी के बाद मुझे ऐसा लगने लगा कि जैसे विशाल सागर के ऊपर उड़ता हुआ मैं किसी जहाज का पंछी हूँ।···और सच्चाई, ईमानदारी और नैतिकता जैसी बातें सिर्फ खारी लहरें हैं। इन लहरों से समुद्र की विशालता का तो अहसास हम करते हैं; इसकी ऊँची-ऊँची लहरों पर हमें श्रद्धा तो होती है, लेकिन इन लहरों की एक भी खारी बूँद से हम अपनी प्यास बुझाने का साहस नहीं कर सकते, यदि करते हैं तो वह साहस नहीं 'ढोंग' है।

इस समूचे समुद्र का यथार्थ, जिस पर मैं टिक सकता था, 'जहाज' ही तो था—व्यावहारिक जिन्दगी का जहाज। समुद्र एक सच्चाई हो सकता है, लेकिन व्यावहारिक यथार्थ नहीं।

सच्चाई के गहरे सागर के ऊपर खुले आकाश में उड़ान की थकान से चूर हो जाने के बाद मैं जहाज पर उतर आया था।

मामा को किसी तरह मालूम हो गया था कि मैं घूमने-फिरने नहीं, किसी और इरादे से बाहर गया था।

वे भाषण दे सकते हैं, आश्वासन दे सकते हैं, उपदेश दे सकते हैं, दिलासा दे सकते हैं, रुपया-पैसा भी दे सकते हैं···सभी कुछ मुझे उन्होंने उस दिन दिया।

पहले समझाया, "देखो बेटा, हरिहर तो बिजनेस में सेट है···अब तुम बोलो, तुम्हारी क्या मर्जी है। अरे, जब तक हम हैं, हमारे जीते-जी

जम जाओ···कुछ कर लो···उम्र भर मौज करोगे···लौंडपन की तुम्हारी उम्र नहीं है, कल को गृहस्थी भी सँभालनी है तुम्हें।"

मैंने उत्तेजित स्वर में पूछा, "आप मुझसे चाहते क्या हैं ?···अपने ढंग के जीने-सोचने का हक नहीं है मुझे ?"

"वही हक तो हम दिलाना चाहते हैं···चाहते हैं तुम अपने पैरों पर खड़े हो सको।"

"मैं भी सारी भाग-दौड़ इसी वास्ते कर रहा हूँ, मामाजी।"

"मगर उस भाग-दौड़ की तुम्हें क्या जरूरत है, गिरधर बेटा ? तुम आज एक बिजनेस वाले खानदान की शख्सियत हो···नौकरी जैसी घटिया जिन्दगी जिओगे ? हम बर्दाश्त कर लें ?"

उनके कथन में जाने क्या असर था कि मुझसे जवाब नहीं दिया गया। लगा, मैं भटक क्यों रहा हूँ ? क्या चाहता हूँ ?···इतना कुछ सामने है तो, फिर क्या तलाश करता हूँ ? सब जैसी जिन्दगी जी रहे हैं, उससे अलग मैं क्या ढूँढ़ रहा था ? अपने ढंग की जिन्दगी का क्या अर्थ है ?—प्राप्त सुविधाओं, अवसरों और सुखों को ठुकराकर अज्ञात सुख की भँवर में भटकते रहना ?

मैं अपने भीतर प्रश्नों के जंगल में भटक गया था।

मामा अभी भी समझाने में खोये हुए थे, "बस तुम्हारे इरादों का इन्तजार है। हम तो बेटे यह कहते हैं कि तुम अपने ढंग से ही जिओ; पर अपने ढंग से जीने के लिए साधन तो जुटा लो पहले। आत्मनिर्भरता हासिल तो कर लो।···तुम्हारे वास्ते एक अदद खूबसूरत बीवी, कार, कोठी-बंगला···इसकी चिन्ता तो पहले हमें है।"

अन्तिम वाक्य उन्होंने जरा मजाक के टोन में कहा। पर मेरी आँखों में एक पल के लिए एक सपना तैर गया।

"मुझे जरा सोच लेने दीजिए।" यह मैंने ही कहा था। पर इस तरह जैसे मैंने सिर्फ सुना हो, कहा किसी और ने हो !

20

अपने लिए फैसला करने के दौरान मैं कशमकश की धुन्ध में घिर गया।

एक अदद बीवी, कार, कोठी-बंगला···यह एक सपना था, जो अनजाने ही आज तक मेरे भीतर चुपचाप सोया पड़ा था! ···उस दिन एक दस्तक ने इसे जगा दिया और मैं बार-बार इसके खयालों में डूबने-उतराने लग गया।

किन्तु मुझे लगा, इस सपने को चुनने के एवज में जीने का अपना तरीका छोड़ना पड़ता है। अपने तरीके से जीने पर एक अदद बीवी तो हासिल की जा सकती है; कार, कोठी-बंगला नहीं।

मुझे मामा का प्रश्न याद हो आया—"क्या यह सब ढोंग है ? क्या इतनी बड़ी दुनिया इन सब सुखों के पीछे सिर्फ ढोंग रचती है ? ···यही सब तो वास्तविकता है। फिर इस कशमक़श में क्यों पड़ा जाय ? जो सहज रूप में मिल रहा है, उसे न पाने के लिए इतनी माथापच्ची क्यों ? जो मिलने से पहले ही आदमी को तोड़ने की हद पर लाकर खड़ा कर दे, उसके लिए कैसी तलाश ?"

सच और ईमान भी तो इसी दुनिया के दिये हुए आदर्श हैं···यही दुनिया झूठ और बेईमानी पर भी मजे में टिक रही है। सब रास्ते आदमी के सुख के लिए हैं।···जिसे जिस राह संतुष्टि मिल सकती है, उस राह को वह चुन लेता है।···मेरे सामने तो राह बनी-बनायी है, चुनने की समस्या तो खुद मैं खड़ा कर रहा हूँ ! ···

···उस दिन इतने सारे तर्क मैंने जुटा लिये थे, एक सच की हत्या करने के लिए !

इसी ऊहापोह के दौर में मुझे 'टीचिंग' की एक नियुक्ति प्राप्त हो गयी।

मैं किसी बहाने फिर चुपचाप निकल लिया था और जाकर एक कस्बे के प्राइमरी स्कूल में पढ़ाना शुरू कर दिया।

इस नौकरी के दौरान मैंने बड़ी राहत महसूस की।

लगने यह लगा था कि मैं अपने जीने के ढंग को अब धीरे-धीरे समझ रहा हूँ। मुझे खयाल आता कि अब तक जो भी कशमकश की गयी, वह एक बेहूदा फिजूलखर्ची थी अपनी सोच की। दुनिया ने भले ही सत्य व ईमान को दिवाकर के अपाहिज भाई जैसा बना दिया था, पर वह जरा भी किसी का मोहताज नहीं। अगर एक अपाहिज आदमी अपने बूते पर जीने का साहस रखता है, तो सच को या ईमान को किस झूठ व बेइमानी के सहारे की जरूरत थी? दुनिया इन्हें अपनी अपाहिज नजरों से देखकर ही वैसा समझती है, पर ये चीजें अपने आपमें सम्पूर्ण हैं और रहेंगी।

पर यह सुखद सोच-विचार एक दिन गुब्बारे की तरह फट गया।

उस स्कूल का हेडमास्टर धीरे-धीरे अपने असली रूप में मेरे सामने प्रकट होता जा रहा था। उसमें जो लक्षण मैंने पाये उनमें से विशेष यह था कि वह सच्चाई से जरा परहेज करता था और ईमान जैसी सड़ी-गली चीज पर अपनी नाक दबा लेता था।

स्कूल में एक-दो 'मिस्ट्रेसें' भी थीं, जो अपनी खूबसूरती की ही तरह उस हेडमास्टर के चरित्र की भी खूबसूरत व्याख्या थीं।

दिन भर वह बारी-बारी से कक्षाओं के चक्कर लगाता रहता। कहता, "मैं चाहता हूँ टीचर लोग अपना पीरिअड वेस्ट न करके, पढ़ाई में लगावें। मैं अनुशासन चाहता हूँ।"

पर यह उसका आदर्श कथन था; इसी बहाने वह 'मिस्ट्रेसों' की कक्षा में जाकर उनसे घंटों बहस करता··· निरर्थक बकवास···इसमें उसका अपना सुख था।

किन्तु उस दिन इसी तरह घूमता-घामता जब वह मेरी कक्षा में झाँकने लगा तो ब्लैकबोर्ड पढ़कर ठिठक गया !

बोर्ड पर लिखा था, 'सदा सच मत बोलो। सच बोलना और ईमानदारी बरतना आज की जिन्दगी की सबसे बड़ी सजा है।'

यह सब, जानबूझ कर, मेरा ही लिखा हुआ था।

हेडमास्टर गुस्सा हो गया।

"यह सब क्या नाटक है ?"

"नाटक तो कल्पित होता है, पर जो यहाँ लिखा है, वह कल्पित नहीं हेडमास्साब ! भोगा हुआ यथार्थ है···हम सबके द्वारा भोगे जाने वाली सचमुच की सच्चाई है यह। कोई इसे करता है, कोई जानता है और कोई भुगतता है···पर इसका सामना हर किसी को करना होता है। अवश्यम्भावी !"

मेरी इस टिप्पणी से वह आग-बबूला हो गया, "झूठ-सच की खोज पर यह विद्यालय किसी को डाक्ट्रेट नहीं देता, मिस्टर; आपको यहाँ बच्चे पढ़ाने के लिए रखा गया है, दर्शनशास्त्र की कक्षा चलाने के लिए नहीं, समझे ?"

मैं नरम स्वर में बोला—"पर मैं इन मासूम बच्चों को जानबूझ कर कैसे बहका दूँ कि हमेशा सच बोलो, जबकि कदम-कदम पर जिन्दगी भर झूठ और बेईमानी से काम पड़ता है। कल ये बच्चे जब बड़े होंगे तो यह किताबी नैतिकता कदम-कदम पर इनके आड़े आयेगी और ये भटकने लगेंगे।"

वह और भी चिढ़ गया। इस नाटक का यही मेरा ध्येय था। बिगड़ते हुए बोला, "आप अपने तजर्बे अपने काम में लाइए, मगर स्कूल से

बाहर। मेरे बच्चों का फूचर (फ्यूचर) खराब करने का आपको कोई हक नहीं, समझे ?"

मैं अबकी बार कड़े स्वर में बोला, "समझ गया !...और वही आपको भी समझाना चाहता था हेडमास्साब जी।"

मेरे कड़े स्वर से वह सकपकाया और सहम गया।

मैंने उसी तरह कठोर स्वर में कहना जारी रखा, "मैं अपने तजर्बे तो बेशक स्कूल के बाहर ही काम में लाऊँगा, पर आपके तजर्बे को यहीं अभी काम में लाऊँगा...घनश्याम का काम इसी स्कूल में कराने के लिए जो रिश्वत आपने खाई और बेचारे प्यारेलाल वर्मा जैसे गरीब को नौकरी से निकलवाने में जो सहयोग आपने दिया...मिस रीता को जिस आधार पर एपाइन्टमेन्ट मिला...ये कुछ तजर्बे थे, साब, निचोड़ वो लिखा है सामने ब्लैकबोर्ड पर।...बोर्ड ब्लैक है और लिखावट सफेद। बाकी आप खुद नासमझ नहीं हैं।"

कहते-कहते मैं मुस्कुरा पड़ा।

हेडमास्टर की सच्चाई उसके मुँह पर थूककर मैं उसी दिन घर वापस आ गया था।

21

घर लौटकर इस बार मैंने ज्यादा मगजपच्ची नहीं की।

मैंने चुपचाप एक पकड़े हुए भगोड़े की तरह आत्मसमर्पण कर दिया था।

इस आत्मसमर्पण की शर्तों के अन्तर्गत भीड़ के कायदे-कानून मुझे सीखने और मानने पड़े।

जीने के मेरे अपने ढंग की शर्तें यहाँ 'आउट ऑफ डेट' हो चुकी थी।

इतना सब होने पर घर का हर सदस्य मेरी देखभाल एक नवजात शिशु की तरह करने लगा था।

मैं एक नयी दुनिया में था !···

एक नये होश में था !···

एक नयी नींद में !···

फिर मेरी शादी की गयी और अपने सपने का आधा सच मैंने पा लिया···एक अदद बीवी···कार···कोठी और बैंक-बैलैंस !

यानी···मेरे जीवन-वृत्त की त्रिज्या पर खींचा जा रहा झूठ व बेईमानी का लम्ब मेरे जीवनवृत्त की सफलता की स्पर्श रेखा बनता जा रहा था !···दिवाकर ने जीवन के तीन प्रमेय मुझे सिखाये थे···यह दूसरा था, जिसे सिद्ध करना मैं स्वीकार चुका था।

पर यह सब बिजनेस था !

22

मैंने तो अपने ढंग से जीने की कल्पना की थी; फिर यह जिन्दगी जैसी भी सहज रूप में सामने आ पड़ी है, कैसे स्वीकार लूँ? यह सब सोच-सोचकर मैं टूट रहा था। और आत्महत्या के खयाल से मैं भीड़ के दरम्यान भटकने लगा था।···कि एक दिन अचानक दिवाकर दीख गया।

मैं ओट में खड़ा उसकी आँखों से ओझल होकर देर तक उसके बारे में सोचता रहा।

शाम ढलने को थी···और वह किताबों का एक ढेर एक बड़े बक्से में लगाने लगा था···

उसे देखते-देखते मुझे उसके बताये प्रमेय का स्मरण हो आया···सच, ईमान व नैतिक आदर्शों के समकोण त्रिभुज के कर्ण को व्यास मानकर खींचा गया उसका जीवन-वृत्त उस त्रिभुज के संघर्षों, कठिनाइयों और अव्यावहारिकताओं के शीर्ष से होकर गुजर रहा था!

नहीं, मैं दिवाकर से मिलने का कतई हकदार नहीं हूँ!···आत्महत्या न कोई हल है, न सजा।···मर तो मैं पहले ही चुका हूँ।···

मैंने अपनी जेब से एक कागज निकालकर उस पर कुछ लिखा और मोड़कर एक छोकरे को देते हुए समझाया, "बेटा, यह उस किताबों-वाले को पकड़ा आना जरा।"

उसके बाद मैं तेजी से मुड़ा और घर के लिए वापस हो गया।

अब मुझे कोई नया निर्णय नहीं लेना था।

शायद मैं बेहद कमजोर पड़ चुका था और जिन्दगी···यह जैसी भी है, महज रूप से स्वीकारने को तैयार था।

मैं और भटकाव से दूर हटना चाहता था।

घर की वापसी के लिए मैंने बस पकड़ी···और खिड़की से बाहर झाँककर भीड़ में नयापन तलाशने लगा।···बस के दौड़ने से बहुत-सी चीजें पीछे लौटती जा रही थीं। मैं मन को समझाने लगा।

फिर मुझे, दिवाकर को अभी थोड़ी देर पहले भेजे अपने छोटे से, पत्र की याद आ गयी।

अब तक उसने पत्र पढ़ लिया होगा—"मेरे मार्गदर्शक ! मेरी मृत्यु पर मजाक मत करना···अपनी मौत के काफी देर बाद यह पत्र लिखकर तुम तक भेज रहा हूँ···तुम्हारा, गिरधर !"

पत्र पढ़ते ही दिवाकर उदास हुआ होगा।

फिर अगले ही पल ठहाका मारकर जोर से हँस पड़ा होगा।

हँसते वक्त उसकी आँखें बन्द-सी हो गयी होंगी।

फिर अचानक हँसना बन्द कर, उसने पत्र को मुट्ठी में कसकर मरोड़ डाला होगा ! और कागज के उस पुर्जे को किसी लावारिस लाश की तरह सड़क पर फेंककर बुदबुदाया होगा, 'मर गया बेचारा !'

घबराकर मैं खिड़की से बाहर देखने लगा।

मुझे लगने लगा था जैसे सड़क की पूरी लम्बाई-चौड़ाई पर मैं बिछ गया हूँ और बस के पहियों-तले मेरे मांस के चीथड़े हुए जा रहे हैं !

उपसंहार

और आज···?

चाहे मैं जीत गया हूँ, चाहे हर खुशी मैंने पा ली है···लेकिन जब भी इस जीत व खुशी के बीच खो जाता हूँ तो अपने आपको खोजने लगता हूँ।

सच तो यह है कि ऐसे खोजपूर्ण क्षणों में अपने आपको मैं जीवित नहीं पाता !···ये सुख-सुविधाएँ, मान-प्रतिष्ठा, कार-कोठी-बंगला··· कहाँ से आ गये मेरे पास ?···ये सब की सब उलझी हुई बातें हैं, और इन्हें सुलझाने में ही मैं लगा रहता हूँ। सिर पर ताज ओढ़े हुए मैं सबके सामने अपने को राजा जताने लायक हो गया हूँ···सब लोग मेरी जय-जय कार करके मुझे कन्धों पर उठाये फिरते हैं।

पर···

मेरे सिर में ताज के भीतर जो कीड़े रेंग रहे हैं; मुझे नोंच-नोंचकर मेरे घाव को जो गहरा करते जा रहे हैं, उनसे मैं तिलमिला उठता हूँ !

मेरी छटपटाहट इन जय-जयकारों में दबकर रह जाती है।

और मैं···इस तिलमिलाहट को···अपनी आकुलता को प्रकट करने का कतई अधिकारी नहीं हूँ···जीने का बस यही अर्थ मेरे लिए शेष रह जाता है।